JN221762

いとしい服

ようふくと
わたしの
はなし

おーなり由子

大和書房

はじめに

服って、生きているな、と思う。
しょっちゅう着る服には、つねに、いのちが満ちてめぐっているから、好きな服を着ると、一緒にうたったり笑ったりしてくれる。

この本は、出会って通り過ぎていった、わたしの服のはなしです。
ちいさかった頃の服や、母に作ってもらった服、おまもりのような服。あの時、友人が着ていた服。好きな人に会うための服。きっと、どんなひとにも、わすれられない服や気持ちがあると思う。

好きな服に出会った時にあふれる、うわあ、という気持ち。新しい自分になったように思える不思議。炭酸水のあわつぶのように、しゅわっとこころがふくらんで、あふれそうになる、あのよろこびの正体が知りたくて。

こどものときから、わたしのそばで、うたったり、守ったりしてくれていた、いとしい服のことを書いてみました。

目次

はじめに 2

1章 ミシンとまほう

はじめての海 8
ミシンの音 12
青いカチューシャ 16
シフォンのブラウス 22
紙のおにんぎょう 26
スモッキングワンピース 30
テクマクマヤコン 34
おまじないスカート 38
ぶどう色の夏休み 42
ひがんばな 46
ゆきちゃんねえちゃん 51
まんが教室とハイソックス 56

びんびんびん 60
コルクのサンダル 64

2章 あこがれコート

赤いデニムと窓 71
よねださんのティアードスカート 76
みつあみのきもち 82
さくらの校庭 86
温室の絵 90
大きなえりのブラウス 94
まんがのころ 98
阪急電車にのって 102
すてられない服 106
はたちのコート 112
布っていいなあ 118

ももこさんと夾竹桃　122
空色のワンピース　126
ウエディングドレス　130

3章　あのころの服

4章　おまもりワンピース
ゴムのズボン　147
青い服　152
貝のボタン　156
おっちゃんと帽子　160
コートはワンピース　164
森の矢川さん　168
タイツ タイツ タイツ　172
ライムイエローの裏地　176
なにが、どうっちゅうことない　180

5章　あかちゃんとカシミヤ
あかちゃんを着ていたころ　184
カシミヤのブランケット　188
スカートのおかあさん　192
ハネジネズミとションブルグジカ　196
シャツの心　200

6章　きょうの服、あしたの服
タータンチェックたち　206
赤いソックス、黒の服　212
好きな服を着て暮らしたい　216
いっちゃんええ着物　224
色のはなし　228
あした、なに着ようかな　234
あとがき　237

SINGER

1章

ミシンとまほう

はじめての海

あかるい夏の海。

砂浜で足を投げ出す母のそばで、ちんまりと、しかめっつらでしゃがんでいるわたし。

黄色い麦わら帽子に、赤いチェックの水着を着て、黒いちいさい目で海を見ている。

これは、歩き始めの頃に、広島の海に連れて行ってもらった時の写真。

ランニングとパンツがボタンで留められていて、ちょっと風変わりなこの水着は、洋裁が得意だった母が、はぎれを使ってミシンでサッと縫ってくれた、生まれて初めての水着だった。伸び縮みしない綿の布で縫われていて、肌に生地があたって、さらさらなじまない感触を覚えている。パンツに通したゴムも少し痛かった。わたしは心地悪くて、しかめっつら。ちょこっと海に入るだけだから、メリヤスの下着のパンツ一丁でも良かったのかもしれないけれど、母は娘に水着を着せたくて、はりきって縫ったのだそうだ。

　着せてみると、ちょっと大きすぎた水着は、波がくるたびにふくらんでからだが泳いで、何回も脱(ぬ)げそうになった。親たちは笑ったり、もういいや、と、パンツだけにしてしまったり、

気がつくと、ほぼ、裸みたいなわたし。

初めて見た海は、大きい生きものみたい。

白い波は、その生きものが着ている衣（ころも）のはじっこみたい。

衣の裾がひらひらひらめくように、きりなく動いては消える。波が岩に当たって壊れる時のクチャクチャいう音。ころころんと氷をかみしめるような、かみ砕くような音。

次々やってくる音や形が、きりなく、きりなく。

「次のも、次のも」と、じいっと見た。

写真を見ると、ただのしかめっつらの赤ちゃんみたいな子どもなのに、記憶の中のわたしの心は、大騒ぎだったたな、と思う。「わたし」という感覚は、いつでも、大人も子どももすっ飛ばして、今と変わらない「わたし」そのもの。心が動いて、おどろいたり、ぱあっと花ひらいたりする時に反応している「わたし」は、きっと、一生変わらないのだろうな。

あの水着は、もうどこにも残ってないけれど、薄い布のさらさらや、パンツの中に入ってくる砂のざらざら。どこまでも重なっていく海の色は――

思い出すたびに着ることが出来る、記憶の服。

今も、いつまでも、なくならない。

ミシンの音

ミシンの音はいいなあ。今でも大好き。

母が洋裁が好きだったので、子どもの頃は、夜、ふとんの中でミシンの音をよく聞いた。

母はわたしたちが寝てから、いそいそと布をひっぱり出して縫い始める。

かたかたかた、かたかたかた……と、隣の部屋から聞こえるミシンの音。

畳の奥を小さな電車が走っていくような、低くてあたたかい音は、夜の音。

聞いているうちに眠くなった。

祖母も針仕事が上手な人だった。だから母は、ちいさい頃、祖母のそばで布を指に巻いたり、からだにまとって遊んだりしていて、自然と縫い物が好きになったそうだ。

高校を出て働いていた母は、結婚してわたしを産んでから、洋裁学校に通いはじめた。

だからなのか、わたしや弟の着るものは、ちいさいときから、ほとんど母が縫っていた。

母の時代は、まだ服を洋裁店で仕立てる人も多かったから、自分で服を縫うことは珍しくなかったのだけど、母はジャケットやコートも仕立てたので、わたしは、二十歳を過ぎても、あたりまえのように、母に服を縫ってもらっていた。

今思えば、小学校にあがるまでの頃の服は、なんだかおとぎ話のようだったなあ、と思う。アルプスのハイジのような、紐のついたベスト（当時はチョッキと言っていた）や、裾にチロリアンテープやなみなみの山道テープ（というのだそう）を縫い付けてあるスカート。ふくらんだちょうちん袖。アップリケ。当時の子ども服は、今に較べると実用的ではないけれど、異国に憧れがあって、楽しい気持ちになるデザインが多かった気がする。

2、3歳頃に着ていた服で、裾に大きなお人形の絵がぐるりと並んだ、大胆なプリントのワンピースがあった。母はその生地を一目で気に入って、わくわくと縫い上げたそうだ。当時、よそのお家（うち）に行くと、四角いガラスケースの中にクルンと大きな目で愛らしいポーズをとっている中原淳一の絵のような人形がよく置いてあって、なんてかわいいんだろう、うちにもあったらなあ、と、遠くからうっとり眺めていた。だから、そのワンピースが出来た時、わたしは「あれや、あのお人形や！」と思って、ときめいた。

ふわんとしたワンピースの裾を広げてすわるたびに、膝の上にならぶお人形たち。わたしは、クリクリの目でおしゃれしているお人形の顔を、じっと見た。

みんな、おどっているみたい。

今見ると、なんとも派手な柄！　なのだけど、わたしは、そのワンピースを着せてもらう時、あのお人形をだっこして一緒に出かけているような、おとぎ話の主人公になったような、そんな気持ちになったのだ。


かたかたたかたかた……。

夜中、行ったり来たりするミシンの音。

いつ出来るの、いつ出来るの、と思いながら眠ると――

ある日、一枚の布が洋服になる。わたしだけの大事な〝おようふく〟になる。

あの頃は、大人の中にもおとぎ話があったのかな。ミシンのあるお家の引き出しの中にストックされた、愛らしいリボンやテープ。かわいいプリント柄。大人たちも縫いながら、子どもの服に夢をうつして、楽しんでいたのかもしれない。

真夜中にかたかたかた、かたかた、鳴るミシンは、おとぎ話を紡ぐ音。

ずらり
おにんぎょう。

青いカチューシャ

父の実家がある駅のすぐそばに、ちいさい本屋さんがあった。本屋さんだけど、入り口付近には子どもが好きそうなマンガ雑誌と、安くてカラフルなおもちゃがいっぱいぶらさがっていて、前を通るとわくわくした。祖父母の家に行く時は、駅に着くと、いつもそのお店に立ち寄った。

「すきなん、いっこ、えらび」

親は、わたしや弟が祖父母の家で退屈しないように、そこでマンガやおもちゃをよく買ってくれた。めったにおもちゃなんて買ってくれない親が、この時だけは気前よくサッと選ばせてくれるので、電車が駅に着く前から期待が高まって、弟と「あそこで、また何か買ってもらえるかもしれへんで」「何にする？」などと、ひそひそ話し合った。

まだ小学校に上がる前、3、4歳ぐらいの頃だったと思う。わたしはその店で「おしゃれセット」というのを買ってもらった。「おしゃれセット」は店頭の一番目立つところにぶらさがっていて、巻き毛の女の子の絵が描かれた台紙に、透明なプラスチックでいろんなアクセサリーがパックされた安いおもちゃだった。どぎつい派手な赤、きいろ、ミドリ、ピンク、うすっぺらいメッキの金色。パステルカラーのお花のぱっちんどめや、ネックレスに指輪、そして、耳の所にでっかい青い花がふたつついたカチューシャ、ゴムでのびるブレスレット、小さい手鏡やアクセサリーを入れるミニトランクまでついていた。こぼれるように色があふれていて、きらきら、きらきらと見えた。

「はよ、決めや。どれにするの？」

わたしは、上等のおもちゃには目もくれず、「これがいい！」と指さした。「金色が本物みたい……」（に、見えた）。青いお花がすてき！　いっぱい入ってるのも気に入った。

商店街を抜けて、祖父母の家に向かう道、わたしは、おしゃれセットを手に持って、ぶんぶん振り回しながら歩いた。早く開けて広げたくて、早足になった。

「こんにちはあ」

ガラス障子の引き戸を、がらがらっと開けて、声を張り上げると、奥から祖母が出てきた。わたしは家に入ると待ちきれず、親たちが立ち話をしている間に、ぱたぱたと木の廊下を走って奥の部屋の床にぺたんと座り、いそいで「おしゃれセット」を広げた。

色とりどりのアクセサリーたち。

わたしは、透明パックを外して開け、ネックレスやカチューシャをひとつずつうっとり眺めた。指輪を全部、指にはめてみた。そして、ついていたミニトランクにしまってみようとしたが、トランクは見た目よりもちいさく、全部入らない。はみでたお花のぱっちんどめを髪にとめてみたら、心が、ぱあっと倍ぐらいにふくらんだ。わたしは、3つあった、ぱっちんどめを全部とめてみた。ピンクと黄色と水色。自分がものすごくかわいくなった気がした。

「ゆうこー、さんぽ、いこかあ」

玄関から祖父の声が聞こえたので、わたしは、大いそぎで残りの青い花のカチューシャを頭につけて、ネックレスをぶらさげ、小さいトランクもさげ、見て見て！　という気持ちで祖父のところに走って行った。

祖父は、適当に、「おー、きれいきれい」と言って、にっこりしたので、そうでしょう、と言わんばかりに、わたしもにっこりした。そして、ふたりで、かがんで靴をはき、「ほな、いこか」と手をつないだ時——うしろから母の声がとんできた。

「わー、なんやの、そのあたま！」

あきれた顔で、あわてて母がやってきた。

「ピンどめやら、花やら、ぜーんぶつけてるやんか。それで行くの？　あほちゃうか、頭につけるんは、ひとつにしていき！」

思いもよらない言葉。ぜったいかわいい、と思っていたのに。

わたしは、「いやや、つけていく」とごねた。

母は、「そんないっぱいつけてたら、おじいちゃんも一緒に歩くの、はずかしいやんか」とまで言い出した。特に派手な青い花のカチューシャが気になったみたいで、「この青い花のんだけでもはずしていき」と手を伸ばして、わたしの髪にさわろうとした。

わたしは、ぜんぶぜんぶ、つけて出かけたかった。特に青い花は、かわいくて気に入ってるから、ぜったいにつけたかった。あほみたいでも、誰にどう思われても、ぜんぜんよかった。わたしは、半泣きになりながら、ゆずらなかった。

「ええがな、ええがな。おひめさまにでもなってるつもりやろ」

祖父が助け船を出してくれたので、母もようやく「じゃあ、つけていき」となった。

あれは――。

3歳頃の反抗期だったんだろうか。

いや、ちがう。あの、つよいきもち。

ちいさい頃の記憶だけれど、今もわたしは、あの中に、自分の大事なものがあると思っている。大げさだけど、生きることのまんなかにある、なにか。

「このままで、ええがな」と守ってくれた祖父の言葉がうれしかった。

わたしは頭にでっかい青花をつけ、指輪もぱっちんどめも全部身につけて、あほみたいに、ごてごてのかっこうで、祖父と散歩に出かけていった。

そのかっこうのまま商店街を歩いて、公園でブランコに乗って遊んだ。

とても満足だった。

ぜんぶ
つけたい。

シフォンのブラウス

「わたし、いままで、あんまりふりふりの服とか着てこうへんかってんなあ」

やさしい花模様やレースが好きな友達と服を見に行った時のこと。ピンタックいっぱいのブラウスを「かわいー」と愛おしそうにさわりながら、その子がわたしに言った。

「だから、こういうのがいまだに卒業できへんねん」

そういえば、わたしも、10歳ぐらいまでは、リボンやギャザーやらロマンチックな服が好きやったなあ。いっぱい着たなあ。今は、レースやフリルは気恥ずかしくなってしまって、ちょっと素っ気ないぐらいの服の方が安心してしまうのは、もう卒業してしまったからなんだろうか。でも、ピンタックにはときめくなあ。

などと考えていたら、小さい時、好きで好きでしょうがなかった服のことを思い出した。

小学校の入学式用に母が縫ってくれた、レモン色のシフォンのブラウスとモスグリーンのベルベットのジャンパースカートだ。今でも忘れられない。ふたつを合わせて着ると、色がきれいではなやかだった。特に袖にたっぷりギャザーの入った、薄くて透けるようなブラウスは、胸と袖にピンタックがあって、袖口にきらっとしたボタンがついていて、お姫さまみたいだった。わたしは、ハンガーに掛かった服を見ながら、「早く入学式、来うへんかなあ」と、思った。着るのが楽しみでしょうがなかった。

入学式の朝、ひんやりとしたブラウスに袖を通すと、新しい自分になったような気持ちになった。晴れた空に、さらさらとレモン色がそよぐ。その日は、着ている間じゅううれしかった。が、しかし。その服は、家に帰るとすぐに脱がされ、タンスにしまわれた。

あーあ。なんで入学式の日しか着られないんだろう。

「ねえ、着て行っていい？　ブラウスだけでも着たい」

母に何回もたずねた。わたしは、毎日着て学校に行きたかった。

「よそゆきやからなあ。よそゆきは、汚したらあかんからね」

今と違って、むかしは「よそゆき」の服と「普段着」の服は、しっかり分かれていた気がする。

母は、きれいにたたんでタンスの奥の方にしまって、何度頼んでも着させてくれなかった。

だけど、一度だけ、一生懸命にお願いして何でもない日に学校に着て行ったことがある。

その日は朝からずうっと、うれしかった。

小学校までの道は一年生の足で、片道40分かかる遠さだった。遊びながらでないと退屈してしまう。わたしはれんげ畑の中を歩いて、毎日ふらふらと、みちくさをしまくり、ゆうに1時間以上かかって家に帰っていた。しばらくしたら、その遠さにも慣れたけれど、一年生の頃は、歩いても歩いても、どこにもたどり着けない気がした。

だけど、その日は、歩いているだけで幸せだった。ひかりでいっぱいの空――ああ、この、かわいいブラウスを着ていたら、ずっと歩いていられるかも――と思った。

〈もし、この道でたおれて死ぬんやったら、このブラウスを着てる時がいい！〉

そんな大げさなことまで想像して。

帰り道、わたしはディズニーの「眠れる森の美女」のお姫さまの寝顔を思い浮かべ、ひとり道ばたに寝ころんでみた。美女でも何でもない、ちびのわたし。雲のはしっこが青かった。〈わたしは死んでしまった〉ということにして目をつむると、空がゆっくり遠ざかって、まぶたの裏に太陽の色が赤く透けていた。まぶたのなかも光で明るい世界だなあ、と思った。ほんとうに、満ち足りて幸せだった。

家に帰ったら、母は目を丸くした。背中が砂でまっ白けになったよそゆきの服。

怒られたのは、いうまでもなく――。

もっともっと着たかった。

紙のおにんぎょう

ちいさいころ、らくがきノートやぬりえの裏表紙に「きせかえにんぎょう」というオマケがついていた。ああいうの、今もあるんだろうか。

スリップ姿の女の子のお人形の絵が真ん中にあって、そのまわりに描かれたいろんな服を切り抜いて着せて遊ぶというもの。肩の所や腰の所に引っかける四角いツメがついている。まわりには、カバンや靴の絵もちりばめられていて、小物も切り抜いて、持たせたり履かせたりできる、あの裏表紙が、ほんとうに大好きだった。

だけど、ついている服は二、三着だから、すぐに飽きて、全然遊び足りない。わたしは、お人形のからだの型を取って、自分で絵を描いて色を塗って切り抜き、何着も作った。

まず一番に描くのは、カラフルなお姫さまドレス。きらきらのかんむりは必須！　そして、バレリーナの衣装一式。リボンのいっぱいついたワンピースや、ハイヒール、フリルいっぱいのミニドレス。色もいろいろ。ピンクもいいな、空色もいるな。ミニスカートも描こう。描けば、何枚でも新しい服が作れる。夢はどこまでも広がっていくのだった。

床に寝そべって、頬づえをつきながら、思いつくままに描いている時が幸せだった。描きながら、まるで自分がほんとうに着ているような気持ちになって。

だけど、もとのシャキッと印刷された人形に、わたしの色鉛筆で描いた洋服を着せると、全然別物。服だけが浮いて見えた。ちぐはぐでどうも着ているように見えない。小学校低学年のわたしが作った洋服たちは、へろへろの薄いらくがき帳の紙に、HBの鉛筆の貧相な主線とぼやけた色鉛筆。色は寂しく薄っぺらく、なにこれ、とがっかりだった。

うーん。

こんなふうに（印刷みたいに）しっかり色をつけるには、どうしたらええんやろ？ 悩んだ末、色を濃く塗り、主線をマジックペンで描いてみたら、線が太すぎてつぶれ、色もはみ出て、よけい汚くなってしまった。そうや、人形も自分で作ってみよかな。そう思いついて、画用紙に鉛筆でうすっぺらい人形を描いてみた。そうして、さっきのうすっぺらい服を、そうっと着せてみたら――。

わ、なんか、こっちのほうが、この子がほんまに着てるみたい！

「うれしい！ かわいい」と、ぱあっと幸せな気持ちになった。

下手どうしの絵の方がなじむのだった。わたしは、夢中になって描きまくった。

気がつくと、箱いっぱいの、カラフルなボタンやフリル、リボン、へろへろの洋服が何着も何着も出来上がった。もともとのデフォルトのイラストの方が何十倍もきれいなイラストのはずなのに、不思議なことに、わたしにとっては、自分で描いた下手くそなへろへろ絵の方が着せたい洋服がいっぱいで、きらきら見えた。たのしすぎる。なんと、デフォルトの人形が一気に色褪（いろあ）せたのだ。紙に描けばいくらでも作れる、という魅力はすばらしかった。自作の着せかえ人形は、魔法そのもの。

わたしが、へろへろの人形で楽しそうに遊んでいると、遊びにきた友だちも同じ魔法にかかってしまうようで、「わたしにも描いて作って」とお願いされ、わたしは得意になっていくつも描いた。そして、描いた服をあげたり、交換したりして遊んだ。

ちいさいときのあの幸福というか、魔法はどこから来るのかな。

自分で作ったものが、あんなにも、へたくそなのに、本物よりも魅力的でとくべつに見えたのは、錯覚じゃなくて、ほんとうに、ほんとのことだった。好きな服を好きに着せられる。すてきなことを、自分で決める自由が何よりもうれしい。

ひとになんといわれようと、好きな洋服を好きに着る幸せと、似ている気がして。

スモッキングワンピース

かこちゃんは、いつもにこにこしていて、ゆっくりしゃべる声がやさしい。色が白く、ぷっくりしたほっぺた。わたしと同じ小学一年生だけど、ふだんから長い髪にリボンを結んで、学校に行く時も、よそゆきみたいなワンピース。かこちゃんのまわりには、いつも時間がゆるやかに流れている感じがした。

ある日、かこちゃんが、胸に細かなタックを寄せた、不思議な幾何学模様みたいな刺繍のワンピースを着てきた。淡いピンクで、見たとたん「かわいい！」と、わたしは花を見つけた時のような気持ちになった。お餅みたいな白い腕に、ふくらんだちょうちん袖も似合っていて、ワンピースは、かこちゃんが着ると、よりいっそうすてきに見えた。

不思議な幾何学模様は、スモッキング刺繍というものだった。

これでもか、というぐらい胸に密にタックを寄せて、細いゴムの糸で刺繍をしたワンピース。ぎゅっと詰まった刺繍の下はふわんと丸く広がったスカートで、ウエストは後ろリボン。形そのものがロマンチックだった。かこちゃんと一緒に登校するたびに、その不思議な刺繍に、つい目が吸い込まれた。

あの頃、流行っていたんだろうか。ファミリアというメーカーの服が人気だった、70年代の始め頃。しばらくして、同じ団地の女の子が、三姉妹で色違いのスモッキングのワンピースを着ているのを見た。外に出かけた時にも、同じようなスモッキングのワンピースの子を見かけたり、「あ、あの子も着てる」「あの子も」と、見つけるたびに、目が吸い寄せられた。

「あんなワンピース、着てみたい」と母に言うと、

「スモッキングは大変やからなあ」と、さらりとかわされた。

「縫うてもいいけど」と言いつつ、縫ってもらえなかった。弟も小さいし、忙しかったのだろう。ずいぶんたって、新鮮さがなくなった頃、ようやく買ってもらった。

念願のスモッキングワンピース。無地に見える細かいギンガムチェックのミントグリーンだった。既製服なんてめったに買ってもらえないから、うれしかったけど——。

何か違う。

わたしには、まったく似合わなかった。

がりがりで棒みたいな腕のわたしに、ちょうちん袖はかわいく見えず、日焼けした茶色

い顔には、パステルカラーとスモッキング刺繍が、浮いて見えた。

今ごろは、女の子もズボンをはいてる子どもの方が多いけれど、当時はおてんばでも、女の子はスカートという時代。短いスカートをはいて、走りまわっている子が多かった。

わたしもどっちかというと、スカートをはいて、ジャングルジムをかけ登り、パンツ丸見えでブランコ、どんくさいくせに、公園や団地の裏の田んぼを走りまわっていた。

わたしは、せっかくかわいいスモッキングワンピースを着せてもらっても、遊びに行った先に公園があれば、大喜びでスカートをひらめかせて、大股ですべり台を逆からかけのぼっては、おなかですべったりしていた。動いているうちにゴムのスモッキングはせりあがり、しょっちゅう両手でひっぱりおろさないといけない。スモッキングワンピースは思ったより、めんどくさい服なのだった。

ごぼうみたいな手足のわたし。色が白くないと似合わないパステルカラー。好きな服なのに、自分でも、かわいく見えないのがわかった。

かこちゃんと、おなじワンピースなのに。ロマンチックな服なのに。

服は不思議。その人間が中に入って、やっと服になるんだ。

わたしが着ると、ただの普段着のワンピースとなった。

ビーサンと、
パンツまるみえ
ワンピース。

テクマクマヤコン

ちいさい頃、なりたかったのは、魔法使い。

団地の公園の端っこで、たったひとりで、毎日のように魔法の練習をしていたことがある。

小学一年生だった。本気だった。


あの頃、魔法使いのテレビ番組が色々あって、子どもどうしで魔法ごっこをしてよく遊んでいた。なんの道具も使わずに、想像で使う魔法の数々——それはそれで楽しかったけれど、わたしは、「ひみつのアッコちゃん」というアニメでアッコちゃんが使う魔法のコンパクトが欲しかった。コンパクトの鏡に自分の姿を映して、

「テクマクマヤコン、テクマクマヤコン、〇〇になあれ」

そんな呪文を唱えると変身できる、魔法のコンパクト。

かわいい音が流れ、きらきらと砂金のような魔法の粉が舞うなかで、わたしもお姫さまや、学校の先生やネズミや猫になってみたかった。鳥になって、飛んでみたかった。

ある日、わたしは、母にねだって、駄菓子屋さんに売っていた魔法のコンパクトを買ってもらった。お菓子のおまけみたいなものだったから、おもちゃ屋のコンパクトにはほど遠い。ものすごくちゃっちい、ぐにゃぐにゃの赤いプラスチックで出来ていて、中にはアルミシートの鏡が貼ってあった。開くとルーレットのようになっていて、つまみをクルッと回して止まった絵に変身できるという、子どもだましなもの。

それでも、すごく嬉しかった。

ちゃっちくても、魔法は使えるはず、と信じていたわたしは、〈魔法は、秘密で練習しなくては〉と思い、コンパクトをポケットに入れて持ち歩き、誰もいない公園の片隅で、ひとり、ひそやかに呪文を唱えて、練習をした。そうっと目を閉じて。たとえば——思い浮かべるのはバレリーナ姿。トウシューズと羽のようなドレス。

今回こそ、今回こそは、変身しているはず。そう信じて、目をひらく——。

だけど……。

目に飛び込んでくるのは、いつもの運動靴とスカートの色。青々とした芝生の地面。

何度やっても、わたしはわたしのまんまだった。

昼下がり。あたりは、しいんとしていた。

魔法で変身することは、何度ためしてもかなわず、わたしは〈まだじぶんはちいさいから、できないのかも〉と思い、魔法のことは、いったん保留にした。

そうして、中学、高校と、何度か保留にしているうちに、おとなになってしまった。

だけど、おとなになった今、服を着て、うわあ、と嬉しくなる時、魔法のように感じることがある。自分らしい服を着るのも素敵だけれど、服には、知らない自分に出会うおもしろさもあって、ちがう自分になる自由をくれる。心に見えない羽をつけてくれる。

ときどき人は、いつもの自分から、ひらりと飛び立ちたいんだと思う。生まれ持った自分の皮膚や姿は変えられないけれど、服を使ったら、ひととき、さあっと変身ができるんだもの。あっという間に。魔法みたいに。

〈着ること〉は、自分で自分に魔法をかけて、変身することなのかもしれない。

「テクマクマヤコン、テクマクマヤコン……」

あたらしい気持ちで服と出会う時、知らない自分と出会う時。

おとなになったわたしにも、あの魔法の呪文が聞こえてくるのです。

ぜったい、できる。

おまじないスカート

「サーキュラースカートっていうんやで」

地味なグレンチェックの布をさわりながら、母が言った時、わたしは、なんて素敵なスカートの名前だろうと思った。

「サーキュラースカートってな、型紙がまあるく円になってるねん。フレアが大きくて贅沢なスカートやねんで」

得意そうに、これにしよう、と母は言った。説明しながら、母も縫うのが楽しみになっているみたいだった。

10歳の時、洋裁が得意な母が、クラスで仲良しのみゆきちゃんとおそろいのスカートを縫ってくれた。みゆきちゃんとわたしはチビ同士で背の順で前から一番目と二番目。どちらかがちょっと背が伸びたら一番と二番が入れ代わったりして、いつも並んでいたので仲良しになった。一緒に水泳教室に通って、しょっちゅうふたりで遊んでいた頃、母が、「おそろいで縫おか」とスカートを仕立ててくれた。背丈の似たみゆきちゃんとわたしのなら同じ型紙で作れる、と思いついたのだろう。

サーキュラースカート！　おまじないの言葉みたい。

どこから手に入れたものだったのか、たっぷりの生地は細かなグレンチェックで、地味目のこげ茶が大人っぽく楽しみだった。もしかしたら紳士物の生地だったのかもしれない。裁断した布を並べると、４枚はぎの丸い円。わあ、と胸が躍った。母はカタカタ、ダダーッとミシンの音をさせて、二週間ほどでふたり分、縫い上げてくれた。

出来上がったスカートは太めの肩紐つきで、胸には肩がずれないように横に一本、布が渡っているデザイン。丈が少し長めなのが、お姉さんっぽい。待ちわびていたわたしは、すぐに着てみた。

くるっとまわった。

「ほんまに、まんまるや！」

ふわーっと、お花みたいに大きく広がる裾。風が中に入ってくる。わたしは何回もまわった。地味な色のスカートなのに、心の中はバレリーナのような気持ち。一瞬で素敵な女の子になった気がした。足もとが宙に浮かぶような。あの時の嬉しさは忘れられない。

サーキュラースカートっていうねんで、と得意げにみゆきちゃんに伝えると、みゆきちゃんもぴょんと跳ねた。くるくるとまわりながら一緒にいっぱい笑った。学校に行く時も縄跳びを跳んでる時も、そのスカートを着ると、幸せな気持ちになった。あの頃、おまもりのようだったサーキュラースカート。

着る魔法。服は暑さや寒さから身体を守るために着るものだけど、役目の半分は心のため。身体ではなく心が着ているんだと思う。部屋に花を飾る時、花でお腹はふくれないけれど景色が鮮やかになると、生きているのが嬉しくなる。悲しかったり、重苦しい気持ちの時、わたしはきれいな色のブラウスやセーターを着たくなる。

今でもたっぷりとしたスカートを着るたび、あの時の幸福がふくらんでくる。

マッシュルーム
カットの
みゆきちゃん。

ぶどう色の夏休み

夏のおわり、台所から甘酸っぱいにおいがしてきたら、「あ、ぶどうジュース、つくってるんや」と、お鍋をのぞきに行った。

母がお鍋で煮ているのは、「キャンベル」という黒くて大きな粒のぶどう。最近はあまり見かけない品種だけど、その頃、うちでは、夏になると、親戚からたくさんもらって、食べきれない分を皮ごと煮てコンクジュースにしていた。

関西では当時、ぶどうといえば薄茶色のたねなしぶどう（デラウェア）。夏になると、毎日のようにお皿に盛られ、粒が小さいので、子どもらは次々と何粒もいっぺんに口に入れて、雑にもぐもぐ頬張った。だけど「キャンベル」は、この時期だけの特別なぶどうで、粉をふいたような黒紫の粒を初めて見た時、わたしは、「絵本で見たことがある、ほんもののぶどうや」と感激した。黒い皮を一粒ずつすーっとむくと、指が紫に染まる。ぽたぽた汁がたれる半透明の実は、味が甘く濃く、飲み込むたびに、ごくんとのどが鳴った。そして、そのキャンベルで作ったぶどうジュースは、夢のようにきれいな赤紫色で、思い描く「ぶどうジュース」の色そのもの。デラウェアよりも、どこか大人っぽい品格があった。

だから、お鍋の中を初めてのぞいた時のことは忘れられない。

母は、黒い皮と実を砂糖で煮つめ、湯気の立ったのをざるでぎゅっと漉(こ)すところだった。ぽたんぽたんと汁が落ちて濃い果汁が鍋にたまっていく。長い時間、ぽたぽた、ぽたぽた。たまった汁を見ると、どろりと恐ろしいほど真っ黒。——悪魔のジュースかと思った。「まっくろやで」。小学生のわたしは眉間にしわを寄せた。すると、母は、「ほんまやなあ」と平然と答えた。わたしは、心の中で〈おかあさん、失敗したんや。まっくろこげや〉と思い、険しい顔でじいっと見つめた。母は果肉を、ざるの上から、へらでぎゅうっと押しつけて搾り、鍋にたまった、どろどろの黒い汁をコップに入れた。

「味見する?」

わたしが黙ってかたまっていると、母は氷を入れて水を注いだ。

すると——真っ黒だった汁が、さあっと、鮮やかな赤紫色になったのだ。

手品みたい。目を見張った。さっきまでの恐ろしい悪魔色が、こんなきれいな色になるなんて！　いったいあの黒のどこに、この透明な紫や赤がかくれていたんだろう。

ジュースは甘くて、かすかに渋くて、ぶどうを食べている時よりぶどうの味がした。

庭でクマゼミがしゃんしゃんしゃんしゃんしゃん鳴く午後、ごくんごくんと一気に飲み干すと、氷が、からんと鳴った。

そういえば、ぶどうジュースが大好きだった夏、気に入っていたぶどう色のワンピースがある。思えば、その頃のわたしにとって、ぶどう色というのは、どこか大人っぽい、おねえさんぽい憧れの色だったのだ。オレンジやレモン、ピンクなんかよりずっと――。

それは、夏の旅行用に縫ってもらったコットンのワンピースで、裾にギャザーのフリルがついた小花模様。初めての膝より長めのスカート丈だった。

「かわいいやろ、ミモレ丈やで」

母が言い、わたしはシックな紫色と「ミモレ」という言葉のひびきにときめいた。当時、流行っていた、厚底サンダルと長めのワンピース。わたしは、流行のことは知らなかったけれど、サンダルと合わせると少女まんがの女の子みたい！　と、嬉しくてしょうがなく、夏休みじゅう、着すぎかも、というぐらい、着た。

自転車をこぐと、ふわあんと、裾から夏の熱い風が吹き込む。

あいかわらず、ひざこぞうには、すり傷が絶えなかったけれど――。

ぶどうジュースとぶどう色ワンピース。コンクジュースがなくなるころ、秋がきた。

はじめての
ロングスカートでした。

ひがんばな

秋だった。

母に連れられて、急に岡山県の津山に行くことになった。ほんとうに急だった。わたしは小学二年生で、学校から帰ったら、よそゆきのふんわりとした袖とショールカラーの、薄いピンクのワンピースを着せられて、弟と3人で大阪から電車に乗った。ふわふわとした軽い布地には、赤い花のプリント。よくわからず急だったけど、わたしはかわいい花ものようのワンピースを着られるのが、うれしかった。

「つやまって、どこ?」

「岡山や。おかあさんのな、おじさんとおばさんのところ」

今なら新幹線もあるけれど、当時は大阪から電車。とても時間がかかった。だから、わたしが津山のおじさんのうちに行くのは初めてだった。祖父は母が十九の時に亡くなり、わたしが六歳の時に祖母も亡くなった。その祖母とおばさんが姉妹、祖父とおじさんが兄弟、珍しく兄と姉、弟と妹が結婚していたので、どちらとも血が繋がっていたから、おじさんとおばさんは、どこか母の親代わりのようだった。

　がたたん、ごととん。

　電車はいつまでたっても津山に着かず、がたたん、ごととん、と響く、さびしい音楽みたい。

「いつ着くの?」。「まだ?　ねえ、まだ?」。電車に飽きて何回もたずねた。弟は母の膝に倒れ込んで眠ってしまい、弟が眠ると、わたしはひまになった。ぽかんとした気持ちになって窓の外を見ていたら、山の向こう、夕焼け雲のばら色が、薄い布みたいに横に長くたなびいて、電車にくっついてくる。のびた先から空にとけて、すみれ色になっていく。そのうち電車の窓がとっぷり黒くなって、ガラスに自分の顔がうつった。

　ばら色がのび続けたら、夜になるんやな、と思った。

　津山の駅に着くと、おじさんが車で迎えに来てくれた。とても、さびしい駅だった。おじさんとおばさんの家は農家で、あたりは田んぼと山、牛小屋の匂いがして、日本昔話に出てくるような、ぶあつい藁葺(わらぶ)き屋根の家だった。

　夜に着いたから、そこらじゅうまっくら。家に向かう途中の牛小屋に灯った黄色いあかりに、弟と吸い寄せられるように近づいた。でっかい黒い顔が、草をむったむったとすりつぶして食べていた。そばで見ると、牛の顔はものすごい大きさ。おじさんが草をさしだすと、長いべろが手みたいにぐるんとのびてきて、巻き込んで口に運んだ。

「食べた！　食べた！」

草が吸い込まれるのが面白く、ばりばりと歯がこすれる音に聞き入っていたら、

「いたっ！」

弟が叫んで、うあーん、と、泣き出した。

「あらあ、ついたとこじゃのに」

おばさんが、不憫（ふびん）そうな顔をして、弟がスズメバチにさされたことが分かった。

母もおばさんもすごく久しぶりなのに、着いた早々、弟の手当に追われ、ようやっとで晩ごはんを食べた。そうして「子どもは、早く寝なさい」と、ふとんに入れられたのだけど、わたしは知らない場所で眠りが浅く、何回か目が覚めた。

太い梁（はり）が渡ったまっくらな天井は、高くてまっくろ。隣の部屋から灯りがもれていて、母とおばさんの声。おばさんの家にはテレビもなくて、しいんとした夜と話し声。今が何時かもわからない。起きても起きても、いつまでも夜だった。

慌ただしく乗った電車と、電車の中であまり話さなかった母と、何も聞かずについて行

った、子どものわたしたち。今思うと、あの時、母に何かあったのかもしれない。わたしには、わからないけれど、ただ、あの時の、つまらなくて眠い電車の音が、すごくさびしかったことばっかりを思い出す。

翌日は、朝から晴れて、青空。

暗い土間から外に出たら、ぴかぴかでまぶしかった。昨日の夜はわからなかったけど、家の前はひろびろと、どこまでも秋の田んぼで、雲のない青にとりかこまれていた。

うれしくなって、走りまわると、田んぼの脇にあかい色が、てんてんてんてん。

あちこちに、あかい花が咲いていた。

わたしは、その花を摘んで、母にぱっちんどめで、髪に飾ってもらった。

昨日と同じふわふわのワンピースの模様に似ているあかい花。

——おひめさまの、かんむりみたい。

「この花、なに?」

ひがんばな、という名前を、はじめて知った秋。

ゆきちゃんねえちゃん

ゆきちゃんねえちゃんは、お隣に住む、6つ違いの女の子だった。

母が生まれたばかりのわたしを乳母車に乗せて病院から帰ってきた時に、道でばったり会って、赤ちゃんのわたしを、おもしろそうにのぞき込んで、笑いかけてくれた。

「なかよくしてね。遊んでやってね」

そう母が言うと、ゆきちゃんねえちゃんは、「うん」と言ったそうで、それ以来、何十年もたつ今も、ずっと親しい。血は繋がっていないけど、気が合って、一緒にいると、本当の姉みたいに安心する。当時住んでいたのは、昔ながらの長屋。お隣といっても、がらっと引き戸を開けたら、すぐ横にゆきちゃんねえちゃんちの引き戸。あまりにも近い。わたしは自分の家みたいに自然に上がり込んでは、ごはんをよばれたり、寝っ転がったり、遊んだりしていた。いろんなことでげらげら笑っていたけれど、なんであんなに面白かったんだろう。ただただ大好きで、一緒にいるのが嬉しかった。よく、年上の姉のうしろにくっついて楽しそうにしている小さい子を見かけるけれど、こんな気持ちなのかなあ、と思ったりする。小学校に入って引っ越してからも、夏休みや春休みのたびに長く泊まり合って、そのたびに離れるのが悲しくて泣いて、家に帰ったばかりなのに、親に止められても、ひとりで電車に乗って泊まりに行ったこともあるほど。

泊まりに行くと、朝、ふとんのなかでねころんだまま、おねえちゃんがアイドル歌手の振り付けを真似して歌ってくれる。それを聞くのが好きだった。

白い指が目の前で、おもしろく動く。

やわらかい、小さい歌声。

おねえちゃんが好きな音楽や、テレビやラジオの話、まんがの話。

10歳の頃は、高校生のゆきちゃんねえちゃんと文通もしていた。思えば小学生を相手によくまめに手紙を書いてくれてたなあ、と思う。

ある時、ゆきちゃんねえちゃんが、「見てみて」と、雑誌『りぼん』を見せてくれた。陸奥A子さんの「たそがれ時に見つけたの」という読み切りマンガ。「この書き文字かわいい!」。「この目の描き方はどうやってるの?」。「チョコレートセーキってなに?」。

わたしは、イラストのような線に一瞬で心を奪われて、どきどきして見入った。ゆきちゃんねえちゃんの家には『別冊マーガレット』もあって、くらもちふさこさんの「赤いガラス窓」の男の子の素敵さに恋したり、「冬・春・あなた」のカラー表紙にどきどきしたり、『りぼん』よりもう少し大人っぽい世界にも夢中になった。

少し前の少女マンガは、外国の物語が多く（どこの国かわからないが日本以外）、広いお庭やドレスのような服、名前もローラとかジョーとか現実離れしたものが多かったけど、それとは全く違う日常のマンガ。日本人の物語なのが良かった。当時の『りぼん』のマンガは、「おとめちっく」と一括(ひとくく)りにされてしまうことが多いけれど、その言葉ひとつで束ねられることに、わたしとしては抵抗がある。背景の小物も含めて、フォークソングのような日常感が、今までにないその時代の魅力だったのだ。そしてファッション雑誌以上に素敵に見えた服。

なになに？　このブラウス！　なになに？　このセーターの編み方！

主人公たちは、みんな着てみたいなあと思う、オーバーオールやアイビールック、パーカー、チェックのシャツ、ころんとしたバスケットシューズ。キルトスカートやフィッシャーマンセーターで登場する。男の子のストレートデニムはシワがかっこいい。どれもカジュアルな服の素敵さがあって、小学生のわたしには、憧れだった。背景の葉っぱや、風、窓、学校の校舎、全部が、おさないわたしの現実に色をつけてくれるものだった。

そういえば、田渕由美子さんの「ライム・ラブ・ストーリー」を読んだ時には、ゆきちゃんねえちゃんと、「ライムってなに？」と、探しに行ったことがある。

当時は、グレープフルーツでさえ新鮮だった時代。ライムなんて聞いたこともなかった。まんがの中では、主人公は袋いっぱいのライムを、憧れの人のところに持っていく。それがビワみたいなフルーツに見えて、透明な季節感や香りにあふれていて、わたしたちは、一度ライムというものを食べたくなった。ふたりで、あちこち探して、梅田の阪神百貨店でようやく見つけた。「あった！　あった！」と大喜びしているわたしたちを、店員さんが不思議そうな顔をして見ていたので、袋いっぱい買うのをやめて、一個だけ、試しに買ってみることにした。

嫌な予感はしていたけれど……思いきってかじったとたん、

「……すっぱ！」

「これ……ちょっと苦い、ただの、レモンやんか」

「あの主人公たち、あんなにいっぱい、どうやって食べたんやろ？」

崩れ落ちるように、ふたりで笑いころげた。

ひとつのライムさえ、きらきらとしたまんがの夢につながっていた頃。

マーガレットやりぼん。
チッチとサリー。

まんが教室とハイソックス

「こんなんあるで。行ってみる？」

小学五年生の春、母が、新聞の折込チラシを見て、わたしを呼んだ。

隣町の高槻駅に西武百貨店ができて、そこの文化教室の生徒募集に「こどもマンガ教室」というのを見つけたのだ。今思えば、よくこんな珍しい教室があったなあ、と思うけれど、わたしが「行きたい！」と言うと通わせてくれた。今や大きなターミナルのある高槻駅は、当時、木造瓦屋根の小さな無人駅だった。いったい、いつの時代？　と思われそうだけど、70年代半ば頃のこと。そんなひなびた駅の背後に大きな百貨店が建っているのが、どこかちぐはぐで、ふしぎな風景だったなあと思う。

きっと、まんがを描くのが好きな子どもがいっぱい来るに違いない！　と、どきどきして行ってみたら、なんと、生徒はわたしを入れて、たったふたりだけ。今と違って、まんがを読むと頭が悪くなるとか、まだ、そんなことを言われていた頃だから、習わせる親は少なかったのだろう。もうひとりの子は、ひとつ年下の入江さんという女の子だった。わたしは少女まんがのような絵を描いていたけれど、入江さんはディズニーの動物キャラクターを描くのが得意で、おしゃれキャットのネコなんかを生き生きと描いていて、かっこいいなあ、と思った。ふたりとも得意な絵が違うので、その時のテーマで、先生は好きに描かせてくれた。厳しさは何ひとつなく、ゆるくて楽しい教室だった。

先生は、文房具のキャラクターデザインやアニメの仕事をされていて、駆け出しのまんが家みたいだった（当時、少年ジャンプに掲載された短編を見せてもらったことが！）。子どものまんが教室を始めようというぐらいだから、ちょっと変わり者の楽しい先生で、映画や本、イラストレーション、なんでも詳しく、毎週、手書きのイラスト付きの課題をプリントして、ペンの使い方や、レタリング、画材のこと、物語の作り方、まんがが家の生活なんかもイラストで教えてくれた。夏には、ラジオの浜村淳の怪談を聞きながら、浮かんだシーンを描いたり、紙芝居を作ったりした。まんが教室は、夕方から大人クラスもあった。月に一度、大人と子どもを合わせた全員のイラストをホッチキスどめの冊子にしてくれた。コピーだったけど、自分のイラストが印刷されるのが嬉しくて、いっぱい描いた。さらに、展覧会もあり、年に一回、みんなが描いたストーリーマンガを製本。

百貨店には、当時、日本で初めてという、立ち読み自由のまんが専門店、画材屋さんもあり、わたしにとってはパラダイスだった。まんがは読み放題だし、絵の具やパステル、色鉛筆、イーゼルやキャンバスが所狭しとならんだ画材屋も初めて。宝箱みたい。わたしはお小遣いを貯めては、知らない作家のコミックスやペン先を買い、ロットリングペンに憧れて、お年玉でいつかは！　と、ガラスケースの中をじっとのぞいた。

一階の雑貨屋エリアには、サンリオのお店や、ガムボールマシン、外国のキャンディが置いてあるカラフルなお菓子屋さんもあった。その頃買ったもので大事にしていたのは、色が変わる星座の指輪。はめると体温でブルーからオレンジに色が変わり、まるいガラスの中に星座の模様がすうっと浮き出てくる、おもちゃみたいなリング。ひとりで手をかざして眺めると、きらり。魔法使いのような気持ちになった。

あの頃は、大人たちも、ポップなおもちゃのような服をみんな着ていたなあと思う。サンリオのパティ&ジミーのような赤いバスケットシューズ。しましまのカラフルなハイソックス。とがったえりのサイケな色のシャツ。子どものわたしも、スチールのトランクに道具を一式詰め込んで、教室に通っていた。

おもちゃ箱をひっくり返したように、楽しいものがいっぱいに思えた百貨店。カラフルな空気を洪水のように浴びながら、わたしは夢中になって教室に通ったのだった。

体温で色が変わる
ゆびわ。
53

びんびんびん

はじめて教えてもらった針仕事は、裾まつり。

母は、糸を針穴に通す前に、いつも、おまじないのようなことをした。平べったい糸巻きから切り出した縫い糸は、角のくせがついて、よれている。その糸の端と端をつまんで電線みたいにぴいんと張り、そして、親指でびん、びん、びん、とはじくのだ。ぴーんとはった糸が、びん、びん、びん。

糸はギターの弦のように小さくふるえて、くせがすうっと消え、たらりと垂れた。

「縫う前にこうやっといたらな、糸がからまらへんねん」

母は秘密を告げるように言った。ただ、糸をはじいただけなのに、ほんまかなあ、わたしは、半信半疑で聞いていた。

はじめての裾まつりは、ウールのタックスカート。やっと縫ってもらった、ブラウンのブロックチェック。ポケットのところが、リボンみたいになっているかわいいデザインで、『ドレスメーキング　ジュニアスタイル』という、ティーン向けのソーイング雑誌に載っていた。当時は洋裁をする人も多く、90年代の頃までは、こういった製図のついた雑誌が色々とあったように思う。

厚みのあるウールの布は、針の練習にはちょうどよかった。多少失敗して針が突き抜けても表に響かないし、裏だから縫い目がそろってなくても、目立たない。裾まつりが出来たら、明日、着ていける！　わたしは、やる気いっぱいで始めた。

「表に響かんようにな、生地の目、二、三本ぐらいをかるーく、すくって縫うねんで」

だけど初心者には、この「生地の目二、三本」というのが細かく、難しい。最初のひと目がなかなかうまくすくえず、指先に力が入る。ちょんとすくって、やっとひと目。数えながらすくって、またひと目。「に……に、にさんぼん……」。じいっと布地を見つめていると、拡大鏡で見たように、布地が糸の集合体に見えてくる。ひと目ずつ、ひと目ずつすくって、まつっていく。気をゆるめると、すぐに針がグサッと入って、がっつり生地をすくってしまう。時間がかかって、ちっとも前に進まない現実。わたしは、だんだん嫌になってきた。

「ほんまにみんな、こんな大変なことをしてるん？」

「そうやで」と、素っ気なく答える母。楽な方法なんて、どこにもないのだ。

明日着ていくなんて、ぜったい無理。一生終わらない作業に思えた。世の中のスカートの裾の裏が、まさか、こんなめんどうな作業で、縫われているとは。半泣きでまつっていたら――「あ」。突然に糸がなくなった。だけど、まだ全体の五分の一ぐらい。

「糸がなくなった」と母に言うと、「かしてみ」と言って布を膝に置いた。わたしがのぞきこむと、針に糸をくるくるっと引っかけて、根元を親指でぐっと押さえ、針をスーッと引き抜いた。すると、丸い玉結びができたのだ。生まれてはじめて見た玉結び。針に糸を引っかけて抜くとは。玉結びってこうやってするのか。魔法のようで、見入った。

さて、つづき。縫わねば。スカートをはくために。

わたしは、さっきは、すぐに糸がなくなったので、今度はもっと長い糸にしよう。と、けっこうな長さの糸を針に通した。早く縫いたくて、めんどうな、びん、びん、びん、もパス。そしたら、しばらくまつったところで、糸の途中に輪っかが出来て、結ばれて絡(から)まり、ほどけなくなってしまった。「せっかくここまで、まつったのに！」。

「あーーーん」わたしはスカートの布に、突っ伏した。母は笑って、

「糸を長くしすぎや、長いと、よけい難しいやろ。下手の長糸、っていうんやで」

へたの長糸――。自分のことすぎて笑えない。

ほどいて切って、玉結び。ああ、びん、びん、びん、やればよかった。

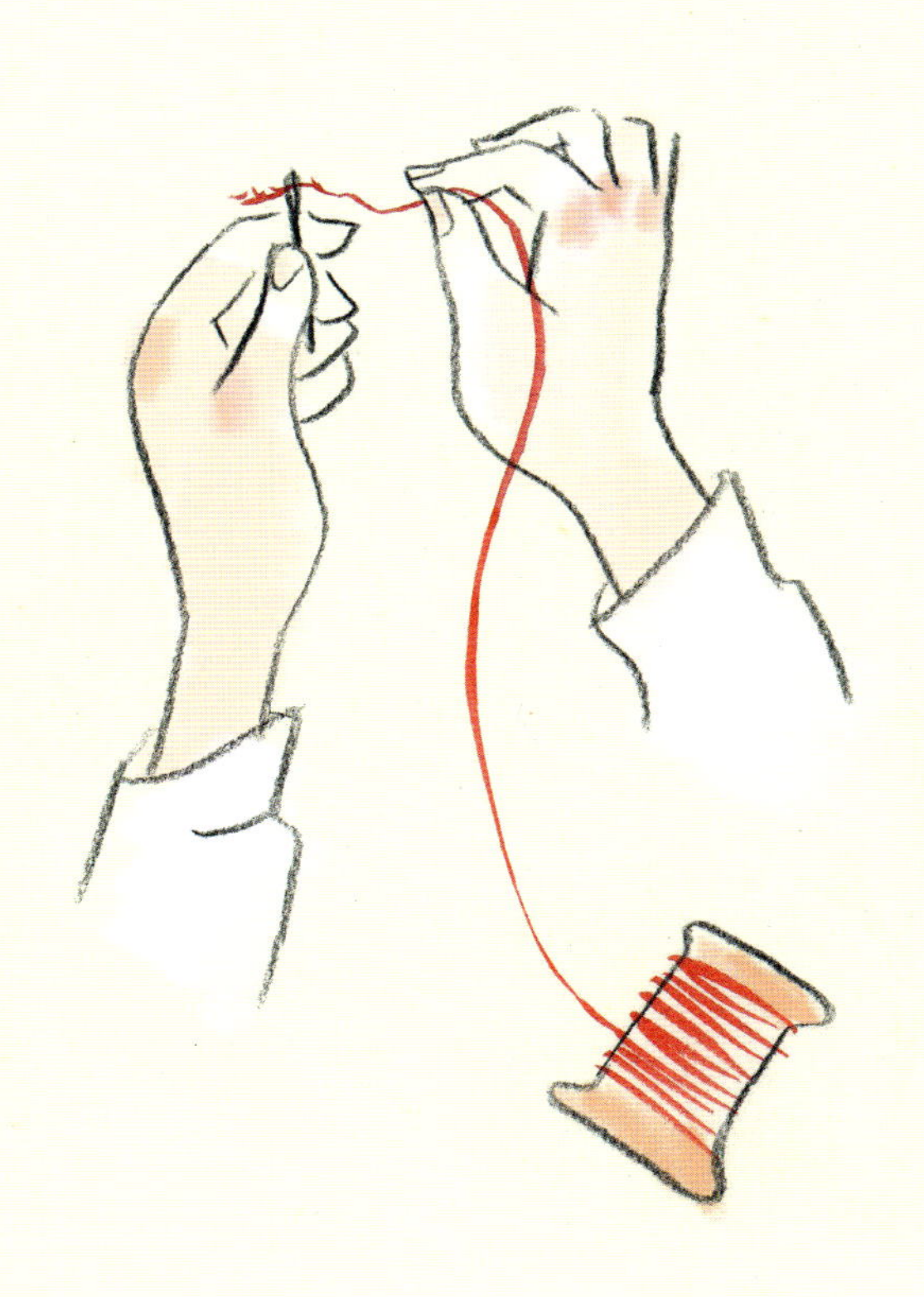

コルクのサンダル

犬のコロは、父が、ひろってうちにやって来た。

「この子、足袋はいてるわ」

母が言った。茶色い毛に白い足袋をはいたような前足。黒い鼻の雑種犬だった。瞳の上には眉毛みたいな茶色い点があって、それがちょっと哀しそうで、情けない顔。父はこの

哀しげな顔を、放っておけなかったのかもしれない。

コロは、わたしが学校から帰るたび、裏木戸の下のスキマから真っ黒の鼻を出して、甘

い声で、くうくういった。わたしが、「ただいま」のかわりにそのスキマから濡れた鼻を

さわると、手をなめてくれる。やわらかいべろ。戸を開けてそばに行くと、前足をわたし

の胸にのせて立ちあがり、顔が近くなった。毛並みにそって、おでこをなでたら――

コロの息の匂い。コロの黒い目がじっとわたしを見てくれると、いつも安心した。

六年生の夏休みだった。夏休みのわたしの仕事は、庭の水まきと、コロの散歩。公園で

のラジオ体操のあと、道草しながら家に帰ると、蟬(せみ)の声がじょわじょわと増えてきて、そ

こらじゅうが、ひかりでいっぱいになった。わたしは朝からたっぷりとした時間を手に入れて、だらだらとテレビを見たり、畳に寝そべって絵を描いたり。色々やっても、まだお昼前。することがなくなるとコロを連れて、散歩に行った。コルクのサンダルをはいて。

去年まではゴム草履（ぞうり）だったけれど、その年はどこに行くにも裸足（はだし）にコルクの底のサンダル。あの頃は、大人も子どももみんな厚底のサンダルをはいていた。ああいう厚底。たまに、親戚のおばさんに、「舞妓さんがはいてるコッポリみたいやなあ」などと言われていた。コッポリは厚底の草履だ。流行も、もう終盤だったのか、小学生のわたしでさえ、コルクのサンダルを買ってもらい、足首をぐねりそうになりながら、そういうもんだと、走りまわっていた。「あんたは、なにもないところで、いっつもけつまずいてるなあ」と笑われていたくらい、どんくさいわたしが、あんな危険な靴をはいて、なんで、あんなに身軽に歩けていたのか、今思うと不思議だ。わたしは、そのサンダルで走り、犬のコロの散歩に行っていた。

コロを連れて裏の神社に行くと、鎮守の森の木がざわざわゆれて、コロとわたしだけ。サンダルを脱いで裸足になったら、コロは、サンダルを噛んで振り回して遊んだ。ボロボロになったサンダルを両手（前足）ではさんで、夢中で噛んで幸せそうなコロ。

「返してー」といって追いかけたら、ひゅんとジャンプして逃げて喜んで、あほみたいに、よけい振り回す。げらげらわらったら、コロもべろをひらひら。暑いから桃色の口が開きっぱなしで、コロもずっと笑ってるみたいだった。

哀しげな眉に笑っているような口がチグハグで、「へんなかおー」と言って頭をなでたら、べろをひらひらさせたまま、こっちを見る黒い目。笑い合っているみたい。散歩はついサボりがちだったけれど、行くと長くなった。神社の中にある公園で、リードをブランコの柵にくくりつけたまま遊んでいると、いつのまにか日が暮れた。

コロは、8月の朝、突然うごかなくなった。

棒きれみたいにころがって。「コロ、」と呼んでも、おなじかたちのまま。

亡くなる前日、小屋に繋いでいた綱が切れていて、コロがいなくなった。裏の神社の林ですぐ見つかったのだけど、冷たくなったのは、その翌朝。母が「保健所が、裏の神社に野犬狩りの毒まんじゅうをまいた」と近所の人から聞き、運悪く、それを食べたんだろうと言った。わたしは夏が終わるまで泣いた。

こっちを見てくれる黒い目はなくなって、ボロボロのコルクのサンダルだけが残った。

サンダルをふりまわして遊ぶへんな顔は、入道雲のむこうに、すいこまれていった。

2章

あこがれコート

赤いデニムと窓

窓のない部屋には住みたくないなあと思う。

いまも、窓から何が見えるかが、部屋で一番たいせつなこと。


中学生になったとき、わたしの部屋に大きい窓が開いた。弟と一緒に使っていた2階の部屋を、親がアコーデオンカーテンで仕切ってふたつにしたら、奥の私のエリアが暗くなってしまい、光が入るようにと、壁に大きい窓をひとつ作ってくれた。

壁が窓に！　それは、わたしにとって、大事件だった。

窓を開けると、風がふきこんだ。

部屋から、ずっとむこうの駅まで続くまっすぐな道と、青い田んぼが広がった。かすかに遠く、かたたん、こととん、と電車の音も聞こえて、家のそばの桜の木や鳥居も見えた。

小さな手すりから身を乗り出すと、ふわあと風で髪がもちあがった。

大げさだけど、外の世界が一気に入ってきたような——わたしのぜんぶが、とおくまでぐんぐん広がっていくような、そんな気持ちになった。

家の前が中学校の通学路になっていたので、窓からは毎日、帰って行く生徒が見えた。家と学校は歩いて三分ほどだったから、みんなよりも早く帰宅して制服を脱ぐと、窓にもたれ、帰って行く生徒を眺めた。友達が通ると、手をふったり話しかけたりして。

制服を着て歩く友人たちは、小学校の時と変わらない顔つきなのに、みんなすごく中学生らしく見えた。部活のテニスラケットを持っていたり、野球部のボストンバッグを持っていたりして、みんな楽しそう。

窓のわたしは、いつものすとんとした赤いデニムのワンピース。

小学生の時から着ているワンピース。

ちびだったせいもあるけれど、制服のみんなを見ていると、自分だけ、ちっとも成長しないで、中学生になれていないような気がした。

しましまのソックスと、セーターに重ね着した、赤いデニムのワンピース。

美術部に入っていたけれど、漫画教室に通い、家で漫画ばっかり描いていたから、たまにしか部活に行かず、ひとり家に帰ってきては、気ままに過ごしていた。

ひとりで絵を描いているのが、なにより楽しかった。学校に仲のよい友達もいたけれど、今思うと、当時のわたしは、おさなくて気が利かず、話していても物足りなかっただろうなと思う。なんというか、ふつうに友達と笑ったりしているのに、ずっと透明な入れ物の中で暮らしているような。学校にいる時間は楽しいのだけど、なにかが遠くて、そんなに楽しくないような。

ある時、いつも一緒に学校に行っていた小学校からの友達が、家に遊びにきていたとき、

「由子さんはなあ……」

と言いかけて、その先をたずねても、言ってくれなかったことがある。

「おしえて、おしえて」と言っても、ふざけて言ってくれなかった。わたしもふざけて、窓辺で、押し合ってふざけあった。落ちそうになって、あぶないあぶない、とふざけながら、いっぱい笑ったけれど、最後まで決して言ってくれなかった。

今ならわかる。わたしがおさなすぎて、言いたいことがあっても、わたしには伝わらない気がしたんだ。その子の悩みを悩みと気づけなかった。ぼんやりしていたわたしには、打ち明けられなかったんだ。ふざけたのは、そのことがさびしかったからかもしれない。

わたしもどこかで、心が遠いと感じていたのに、それが——さびしいという気持ちとは、

知らなかった。

中学二年生のとき、好きな男の子ができて、その子が通る姿を、窓から時々探していたことがある。あるとき、「〇〇くん、つきあってる子がおるらしいでー」と、その子のうわさを耳にした。そして、ついに、ふたりが一緒に帰るところを見てしまった。

窓から。

ふたりはすこし離れて、一緒だとわからないようにバラバラに歩いて、途中から、並んで笑って歩いて行った。

声が消えたあと、蝶々が、神社の方にひらひらと紙きれみたいに通っていった。

すとんとした赤いデニムのワンピースは、その頃から、からだの形が変わってきて、似合わなくなった。好きだった、ほかのジャンパースカートも。

窓が開いて、風と一緒にふきこんできたのは、知らなかった気持ちのいろいろだった気がする。

つんつるてん。

よねださんのティアードスカート

六年生の時、同じクラスのよねださんは、わたしと同じように背が低かった。だけど、わたしとは違って走るのが速くて活発。色白で、キリッとした瞳がまぶしい女の子だった。体育の時間、よねださんが体操服でボールを追っている時、ショートカットのうしろすがたがきれいで、つい目が行った。背中がスンとしているのだ。軽くてやわらかそうな背骨。手足がすうっと伸びて、その先にある細い指。漫画でいうと、高野文子さんの絵みたいな。わたしは絵を描くのが好きで、遊ぶグループも違っていたから、あまり話したことがなかったけれど、「よねださんって、かっこいいな」と、遠くから思っていた。

二学期の終わり頃、席替えでよねださんと隣どうしになった。

なんの話したらいいかわからへんなあ、と緊張していたら、同じ班で集まって食べる給食時間、ちいさなことがきっかけで気があった。

どんな話題かというと——それはなんと、「ポタージュスープについて」。

今やポタージュスープなんて、珍しくもなく、自動販売機でも売っている時代だけれど、昭和50年代当時は、そんなメジャーでもなくて、小学生には、なんだか特別なスープだった。どうしてそんな話題になったのかというと、班のみんなで「今まで食べた外食で一番おいしかったものは何か?」を言い合う、みたいな流れだったと思う。

わたしが、「ポタージュスープっていうの、知ってる? こないだ初めて飲んでんけどな、あれ、おいしかったー。弟なんか、もっとほしいって、お皿までなめようとして、お母さんに止められてんで」などと話したら、よねださんが、「あー、わたしもすき。飲んだことある! とろっとしてさあ」と、無邪気に話に入ってきたのだ。

そのあと、ふたりで、初めてのポタージュスープがどんなにおいしかったか、地味な話で盛り上がった。わたしらの話を、同じ班の子たちが、「どんなん、どんなん?」「飲んだことあるかも。あれかな?」と興味津々で聞き入ってくれて、「ふたりだけが知ってること」を一緒に説明する、みたいになったのが、またおもしろかった。得意になって、「ああ、また、飲みたいー」なんて言い合ったりして。よねださんとは、そんなしょうもない、ちいさなことがきっかけで、仲よくなったのだ。

そして、大の仲良しというよりは、ちょっと距離があって、違うタイプどうしだけど、話すと楽しい、そんな友達になった。短い髪、短いスカートで、あはは、と、大きな口をあけて笑うよねださんと話すと、自分も活発な子どもになったような気持ちがした。

中学生になって、クラスが違ったけれど、たまに廊下で会うと、名前を呼んで手を振った。制服のよねださんはバスケ部に入り、あいかわらずキリッとして、軽やかに笑っていた。おたがいセーラー服姿だけど、小学生の時のまま特に変わらない気がした。

中学生になって、半年ぐらいたった秋ごろ――。

「一緒に買い物に行こう」

急に、よねださんから誘われた。思えば、一緒に出かけるのなんて初めて。駅で待ち合わせることになって、わたしが小学校の時から着ている、母が縫った膝丈のジャンパースカートで待っていたら、むこうから、よねださんが現れた。

ふわりとした小花模様のロングスカート。スカートは三段に切り替わり、たっぷりのギャザー、生成りの生地にちいさなオレンジの花と緑の葉っぱの蔓(つる)もよう。

よねださん、かわいい！　と、胸がどきどきした。歩くたびにふわふわゆれるスカート。小学校の時と全然違う、ひかるような愛らしさで、よねださんは体重がないみたいに軽やかに見えた。わたしは、何も考えずにはいてきた自分のジャンパースカートを、恥ずかしく思った。

「そのスカート、かわいいなあ」

「こないだ、自分で選んで、買ってもらってん」

よねださんは、にっこり笑った。よねださんが大人びて見えた。あの時ほど、誰かの着ている服が素敵と思ったことはない気がする。わたしは、よねださんが別の女の子みたいに思えて緊張した。そしてその日は、一緒にノートやかわいい鉛筆を見ている間じゅう、自分が、よねださんに話を合わせて背伸びしているようで、あまり楽しくなかった。

「――ああ、それ、ティアードスカートやなあ」

家に帰って絵を描いて、母に説明したら、教えてくれた。

「すごいかわいかってん。わたしもあんなスカートがはきたい」とねだると、母はいつものように、軽く、「縫うたろか」と言った。

でも、あんなにかわいい花の生地、うちにあるかな？　よねださんの着ていたやつと同じ、あの繊細な花模様がいいねんけど……と、心配しているうちに、似たような生地で、それは縫い上がった。だんだんの切り替えのティアードスカート。

それは、かわいかったけれど――よねださんのより大きな花模様で、よねださんのより生地が軽やかではなくて、花の色が子どもっぽくて――せっかく縫ってもらったけれど、その、「同じじゃない」ところが、ぜんぶ悲しかった。しかも、似合わなかった。「ちがう、ちがう」と、わたしは言った。「一緒やって」「これもかわいいやんか」。散々なだめられたけど、わたしは喜ばなかった。そのうち「せっかく縫ったのに！」と、母は怒ってしまった。今まで、ずっと母の縫った服を着てきたけれど、わたしもよねださんみたいに、好きな服を自分で選んで、お店で買って、身にまとってみたかった。今思うと、体型も違うから、よねださんと全く同じスカートをはいても似合わなかったかもしれない。

体に合ったお手製の服を着るなんて、贅沢（ぜいたく）なことだけど、よねださんのティアードスカートの洗礼を受けてからのわたしは、既製服を着てみたくてしようがなく、母の縫った服ばかり着ているのはつまらない、と思うようになっていたのだ。

あの、コーンポタージュだけで軽々と性格の垣根を越えて、あははと笑い合ったよねださんとは、そのころから遠くなった。

まねをして、よねださんと似たスカートをはいても、ちっとも嬉しくなかったこと。

ティアードスカートがきらきらと素敵に見えたのは、自分で選ぶことへの憧れだったのかもしれない。

リボンタイが流行ってました。

大人っぽく見えた
よねださん。

みつあみのきもち

14歳の頃、みつあみにはまった。

「肩に髪がかかってはいけない」という中学校の規則の中で、みつあみは堂々と遊べる髪型。わたしは、切らずに我慢して髪を伸ばし、夜な夜な、鏡の前でみつあみの練習をした。

まず髪を2つに分けて、それをさらに3つに分ける。はじめは、この作業だけでもむずかしくてとても時間がかかった。髪の毛が指に絡まって、きれいに分かれない。編んでも横から髪が飛び出て、ほつれたようになってしまう。編めたと思っても、数本残っていたりして、やり直し。なかなか完成せず、長くやっているうちに、指がつりそうになった。

憧れは、〈編み込みのみつあみ〉だった。最終的には、あれができるようになりたい。古い外国映画や昔のドラマに出てくる女の子たちの、きゅっとひっつめたみつあみ。どこかレトロで清楚。乙女っぽいというか、少女漫画のような愛らしさ。

それにしても。うーん。

どうやって編むんだろう、どうやって頭にくっついているの？　編み込みって――。

と、思っていたら、ゆきちゃんねえちゃんが、やり方がのっている雑誌を見つけてきてくれた。今と違って情報は少ない。当時の14歳なんて知らないことだらけだ。写真を、じいっと見入った。どうやら髪を少しずつ増やしながら編み込んでいくという離れ技だ。まねしてやってみたら、編み込む髪の分量を指で探りながら調節するのが、すっごく難しい。指が混乱してきて、途中でぐちゃぐちゃになり、ほつれるわ、からまるわ。寝起きでやつれたような、ひどい、ひっつめみつあみになってしまった。

「こんなん、ひとりでは、むりやで」

きっと、髪を濡らしてからやるんだろうとか、これは誰かにやってもらう髪型なんやで、という結論になって、挫折。いったん保留にした。みつあみ自体は毎日やっているうちに、早く編めるようになってきたけれど、ひっつめはできないまんま。

そんなある日、同じクラスの友だちが、みつあみをくるっと頭に乗せてピンでとめて学校にきた。編み込みではないけどクラッシックでかわいい!「それ、どうやってるの?」と、かけよったら、「U字ピンでとめるねん」と、見せてくれた。

U字ピン! そんな技があったとは。

わたしはピンを手に入れて、鏡の前でさっそくやってみた。長さがてっぺんに届くギリギリだけど、いい感じにとめられた。えー、うれしい。できた！　ひっつめやん！
〈なんちゃって編み込み〉だけど、その日から、その髪型で学校に行くのが楽しみになった。真面目そうな普通のみつあみから、わくわくする髪型に。髪型ひとつで、世界が色つきになったみたい。ヘアスタイルの力はすごい。教えてくれた友だちに見せたら、おそろいが楽しくて前より仲良くなった。編み込みはあいかわらず難しかったけど、U字ピンを使ったら、みつあみを丸めてふたつのおだんごにしたり、下の方でとめたり、わっかにしてみたり、思いのまま。できそうなことはなんでもやってみた。

楽しいから、編むのもすごく速くなって、そのうち、鏡がなくても目をつむっていても、編めるようになった。校内暴力で、中学校が荒れはじめていた時代、聖子ちゃんカットが流行っていたけれど、パーマや髪を染めたりすることには憧れず、昔風のみつあみで喜んでいるのが、学校で自分たちだけっていうのも、なにかおもしろくて。

もしかしたら、「おしゃれな気分」の始まりは、こういうものなのかもしれない。

自分たちが、おしゃれかどうかは別の話で、あの時のわたしは――おしゃれをしたかったんだなあ、と思うのだ。胸に泉のように高揚感があふれてきて。

中学時代には、そんな時間が、どの人にも訪れるような気がする。

ひたすら
練習。

てっぺんで
とめる。

ひとつに。

うえに。

ぐるっと
まわす。

したに。

さくらの校庭

「中学の時のセーラー服、好きやったのになあ」

高校に入ったはじめの授業の日。〈そうか、もう制服はないのか……〉と、うっすらと寂しい気持ちになってつぶやいた。高校は私服の公立高校だった。なんでも70年代にあった、生徒会の制服廃止運動でなくなったと聞いた。私服といっても、その学校には基本の紺のブレザーとプリーツスカートがあったので、入学式はそのブレザーを着た。式なので、その基本服の子がほとんどだった。単に家から近いという理由で、私服に憧れてその高校を選んだわけではなかったわたしは、初めての授業の日、「何着ていこう」と、とまどった。迷って、無難にそのブレザーを着て学校に行った。一年生はブレザーを着ている子がほとんど。わたしは、「なんや、制服のある高校とかわらへんやん」と思ってホッとして、その次の日もブレザーを着ていった。だけど、その日の昼休み、はじめて校庭に出てみて、あっと、思った。

風景がゆるい。中学の時と全然違う。

上級生たちは思い思いに好きな服を着ている。チェックのシャツを着て、パックジュースを飲みながら歩いたり、オーバーオールで購買部のアイスを食べる人、色つきソックスにギャザースカート。基本のブレザーを着ている人もいたけれど、ブレザーの下はロゴ入りのトレーナーだったりした。みんなが同じ服を着ていた中学の頃の、あのひきしまった風景とは、まるで違う。学校なのに、ゆるゆるとした空気。

なになに、なに、この知らない感覚は。

花壇のところを見ると、背中までの長い髪に一カ所だけ細い三つ編みを編んだ上級生の女の子が、座っておしゃべりをしていた。すらりとしたロングスカートで、大人っぽいその横顔を見ていたら、ふわっと風が吹いて髪がなびいた。近くの桜の木から、ひらひらと花びらが散って、その人は立ち上がって花びらを払い、教室に入っていった。

映画のスローモーションみたい。

春の空気に、何かが、するするとほどけていった。

学校なのに、知らない場所に足を踏み入れたような気持ち。中学の頃の「肩までかかる髪は三つ編みに」とか、「スカートは膝丈に」とか、「靴下は白でワンポイントまで」「廊下は端を歩く」などなど、あの校則は何やったんやろう。

中学時代は、校内暴力で、どこの学校も締めつけが厳しかった頃。先生もピリピリしていて、生徒手帳にはびっしりと校則が書いてあった。「廊下で横に手を繋いで歩いてはいけない」という変なものまであって、「あほみたい」と、友達と笑いながらも、〈守らないといけないいんだ〉と思っていた。みんな校則の範囲の中でリボンの結び方をちょっと変えてみたり、髪型を工夫したり、ささやかな抵抗をして楽しんでいた。それに比べて、この場所はなに？

学校なのに、そのへんの公園みたい。想像していなかった制服のないゆるさ。

色とりどりの校庭を眺めながら、サイズの合わない大きめのブレザーを何も考えずに着ている自分が、幼く思えて、ちょっとはずかしくなった。みんながおしゃれをしている、というより、ただそれぞれが普通に好きな服を着ているだけ、それだけなのだけど、それがすごく大人びて見えた。

——制服って、こんなにも、どっちでも良いことだったのか。

思えば〈そういうもの〉と思っていることのほとんどは、いつか誰かが決めただけ。服なんて好きに着ていいんだった。そういえば、小学校までは普通に好きな服を着てたもの。

花びらの下、くるくると心が動いて、ふくらんでいった。

温室の絵

「このなかで、誰が一番先に結婚すると思う？」

放課後の美術室。クロッキー用の5Bの鉛筆をカッターナイフで削りながら、さっちゃんが言った。高校の美術部の部員は、先輩も後輩もたくさんいるのに、わたしたちの学年だけ女四人と少なかった。集まると、こぢんまりと輪になって話すのが楽しい時間。交代でモデルになってお互いのクロッキーをした。歌や物まねが好きなムグ、ゆっくり話すやわらかい雰囲気のコロ、しっかりしていて簡潔な言葉を話すさっちゃん。

「コロが一番結婚、早そう！」さっちゃんが言った。「コロはなんか落ち着いててお母さんみたいやもん」。コロは「ええー、おかあさん」と嘆いた。「でも、さっちゃんも早そう！」「そうかな、めっちゃ早いか最後かどっちかな気もする」「ムグは案外遅い気がするわ」「えーいややあ」。不毛な会話である。そして「わたしは？」と聞くと、みんなが声をそろえて「おーなりちゃんはなあ……」と言って、「わからんわあ」と笑った。

顧問の井上先生が「なに話しとんねん」と、面白そうに入って来たので、先生にもたずねてみたら、「そうやなあ、さっちゃんが一番早い。コロは最後やと思うで」と即答。「うっそー、ぜんぜん反対やん」ともりあがった。コロはショックを受けていた。

古い校舎だったけど、美術室は広く、スモックに着替える部室もあったし、絵を置く倉庫のような部屋にはレリーフのある丸窓があって、レトロな雰囲気がみんな好きだった。

わたしは、高校に入って、どの部活に入ろう？　と、はじめて美術室の見学に行った時、壁にかかっていた虹色の絵にくぎ付けになった。温室の絵だった。絵を見たとたん、なぜか懐かしい気持ちでいっぱいになった。なんでもない地面や雑草が、透明な宝石か水晶で、できているような不思議な色。ずっと昔から、知っている場所みたい。それが顧問の井上直久先生の絵で、こんな絵を描く先生がおるんや、と入部することにした。

先生は、キリストのような風貌で、宮沢賢治が岩手県を「イーハトーヴ」と呼んだように、自分の住む街（茨木市）をイバラードと呼び、架空の風景に変えて描く画家だった。その温室も、実際は校内の端っこの地味な場所なのに、不思議な景色に見えてくる。のちに、ジブリの映画「耳をすませば」で、空に浮かぶ架空の街の絵を描いたのは先生だ。

美術部は独特な雰囲気の先輩がいて活気があった。夏の合宿では、温泉に泊まり、昼は50号のパネルをかついで外で写生をした。わたしたち新入生が遠くの景色を探して描く中、先生はすぐ目の前のなんでもない川の流れと石を描いていて、目から鱗。水の影が美しく、つめたく、さわれそう。絵って、自分の心が動くものを描けばいいんだ。と思った。

夜は畳の部屋で輪になって人物クロッキーをしたあと、先生を慕って遊びに来ていたOBの先輩が、不思議な路地裏の写真のスライド上映会をしてくれた（当時、〈トマソン〉といって、意味なく存在する場所の路上観察ブームがあった）。絵の合評会で、先輩が、「この電線がおもしろい」と感激するのを見て「電線が美しい」ということにハッとしたり、クロッキー会では、上手な絵よりも雰囲気のある線をみんなで、良いねえ、と楽しんだり、なごやかだった。絵にすると、ありふれた景色に魔法がかかる。描くことで、見えていなかった場所が見つかる――知らず知らずのうちにしみこんでいった。

「このなかで、誰が一番先に結婚すると思う？」

何でもない日の、どうでもいい話だったけれど、卒業してからこの話をすると、みんなおぼえていた。

「先生の言うてたこと、当たってたなあ」

「コロが一番最後に結婚したもん」「さっちゃんが最初でさ」

そして、みんなの謎だったわたしは、大学で知り合った人と二十代半ばに結婚した。

油絵用の手作りスモック。
わたしのはオレンジ。

大きなえりのブラウス

そんな服はとっくに卒業した、と自分では思っていた、高校生の頃。大きなえりのブラウスが流行して、とてもかわいく見えたことがあった。今見ると、ばかみたいに大きい、フリル付きのえりのブラウス。

ブラウスはたいてい白で、レースのフリルがびっしり付いたものもあれば、きりっとシャープなラインでレースなし、特大ショールカラーのような清楚なものもあった。どちらにしても、どこかクラッシックでロマンチックな少女の世界。あの頃の女の子たちの多くが、あの大げさな、よだれかけみたいな大きいえりのブラウスを、一枚は持っていた気がする。わたしも、いつものトレーナーやたっぷりとしたカーディガンに白いレース付きのえりを出して着たり、ジャンパースカートやオーバーオールと合わせて着たりしていた。

もうあんな服を見ることはないと思っていたら、最近、女の子たちが大きなえりの服を着ているのを見かけるようになって、一周したんだ！　と驚いた。なつかしすぎる。

今と違って情報も少なかったあの頃、あの大きなえりは、どこから流行り始めたのかな。

いっときだったんだろうか。ＤＣブランドが流行り始めた頃で、わたしが初めて見たのはテレビＣＭだった。タレントの女の子がトレーナーに合わせて着ていて、かわいい！　と思った。合わせ方が新鮮だったのだ。あんなブラウス着てみたいなあ、と密かに思っていた時、梅田の阪急ファイブというファッションビルで、大きいえりのブラウスとジャンパースカートがウィンドウに飾られているのを見つけ、母に一枚買ってもらった。あの時の、新鮮さという喜び。きらきら感といったら。

わたしは家に帰って、折りたたまれた、まっさらの白いブラウスを汚さないように、そうっと広げた。大げさな白いえりは、黒いジャンパースカートに合わせると、合唱団の少女や修道女のようなクラッシックな清楚さになり、トレーナーやデニムに合わせると、素朴な服に甘い魔法がかかった。ブラウス一枚で、毎日にときめきがやって来た。

少女すぎる夢のような服は、男の子たちにどう見えるかとか、そんな気持ちとは遠く、似合っているかさえも、あとまわし。ただただ、着ると自分がうれしくなる服だった。

ただただ、女の子どうしで、「かわいー」「すてきー」と言い合うのが喜び。思えば、当時読んでいた大島弓子先生の「綿の国星」のちびねこも、「バナナブレッドのプディング」の衣良(いら)ちゃんも、こういうブラウスを着ていたっけ。外国の昔の少女のようなエプロンドレスや、レースのえりが、たまらない愛らしさだった。

出来るだけ飾りのない服ばかり好む、今の自分からは考えられないけれど、十代のあのときめきは、あの時のわたしの心に必要なものだった。ばかばかしいくらい、おおげさなデザインや色やかたちには、なにか理由があるのだ。きっと。

それを着ることで、すくわれる気持ち。沈殿したなにかを攪拌（かくはん）したくなる気持ち。

自分が好きなものが、いちばん素晴らしいもので、正しいもの。

自意識過剰なんて、なんのその。高校生のわたしに必要だった花びらのような世界。おだんごヘアをして、くしゅくしゅのソックスで学校に行っていた頃。木々は、軽やかに揺れ、風の中に点々と透明な光の粒が踊っていて――。

生理でお腹が痛くなると、すうっとひとり、保健室に行き、そのまま授業を早引けして帰っていた、あの頃。友達と笑い合っていても、木漏れ日が明るくても、いつもさなぎの中にいるような、うっすら不機嫌な毎日。少女漫画とリンクしていたふわふわとした世界は、ことばにならない物語だった。思い込みだったかもしれない。だけど――。

あの頃の手がかりの見つからなかった、よくわからない日々を、大きなえりが愛らしくふちどってくれた気がする。

衣良ちゃんヘア
ちびねこふう。

まんがのころ

ひらべったいデスクライトをパチンとつけると、ひとりの時間。

高校二年の頃、学校から帰ってから、夜な夜な漫画を描いていた。

どこかに応募してみたいなあ、と思いたって、何とか最後まで出来上がった漫画を、昔好きだった『りぼん』という少女漫画誌に思いきって送ってみたら、なんと「努力賞」をいただいた。入賞して電話がかかってきたのだけれど、高校生だったわたしに、東京の編集部から電話が来ても、なんの確かさもなくて、雑誌が出るまでは信じられず、誰にも言わず、ページを開いてはじめて、「うわ、ほんまに載ってる！」と、どきどきした。

大賞でも、佳作でもなく、小さめの賞だったのに、その回は目立った応募が無かったせいか、運良く大きめに載せてもらえた。もう一本作って送ろう、と描いていたら、発表ページに載った絵に「読みたいです」とファンレターをくれた人がいて、そんなことが珍しいからか、幸運にも（努力賞なのに）デビューすることになったのだ。今なら考えられないかもしれないけれど、初めての応募だったので、わたしは、ネームの作り方もおぼつかないままデビューして、描きながらおぼえていくこととなった。

漫画家の友だちで、デビュー作が恥ずかしすぎて直視できず、「載った雑誌、壁にバーンと投げつけてしまった！」と笑っていた子がいたけど、わかる。はじめは絵も下手くそだし、幼い自分が丸ごと出ているので、かあっと顔が赤くなる。だんだん恥ずかしいことに慣れていくのだけど、わたしも描いていることはあまり人に言わなかった。

漫画家は、それぞれ地元で描いていることが多い。だからか、年に何回か出版社が懇親会のようなパーティやバスハイクを企画して、東京に呼んでくれた。地方から来る漫画家にはホテルを取ってくれるので、新人は先輩の先生と同室だったりして、緊張しつつもわくわく。パーティ会場では、いつも雑誌で見ている先生に絵とサインをもらうのが新人のお楽しみで、みんなスケッチブックを持って走り回っていた。

お目当ての先生に、おそるおそるペンを渡すと、指先から、魔法のように絵が生まれてくる。「うわあ、この人が本当に描いてるんだ」と胸がいっぱいになって、息を止めて見つめた。目の前で絵ができていくのが、とっても不思議。「やっぱり、目から描くの？」とか「下書きなしですごい」とか。シーンとだまって見つめながら、心の中では嬉しさが止まらない。主人公たちにかわいい服を着せて描く先生たちは、みんなおしゃれで、当時流行っていたソバージュヘア（なつかしい）に、ロングコート。てろんとしたプリントのワンピース。そうして、頭の上を飛び交う、知らない音楽や映画の話。まだ十代だったわたしには、きらきらみえた。「描く絵とおんなじで、先生も素敵すぎる」と、思った。

パーティが終わると、同期の新人の漫画家たちとは、夜中すぎまで、ホテルの部屋に集まって、おしゃべり。修学旅行みたい。みんな、こちらが本当のお楽しみ。たとえば、「ネームが一番感情がこもった顔の絵になって、原稿でその表情を超えられない！」と誰かが嘆くと、「わたしはネームができると、気持ちが完結して、原稿を書くのが面倒になってしまう」などと誰かが告白し、微妙な話で「そうそう」と盛りあがるのが楽しい。今はたくさんの情報があるのかもしれないけれど、当時の漫画家は、自己流で描いている人がほとんど。だから、「カラーを描く時の紙は？」とか、「ホワイトは何使ってる？」、「ネームの紙の大きさは？」など、情報交換できる貴重な時間。編集者との打ち合わせの仕方も、人によって違うので驚いたり、描いている時にかける音楽や、好きな映画、ようふくの話。手紙の約束。おしゃべりは夜通しつきなかった。

みんな――ふだん、ひとりで描いているんだなあ。と思った。

ひとりだけど、ひとりじゃない地面のうえを、歩いている気がした。

なに着ようかな、と
新年会はたのしみでした。

うす地のバルーンスカート。

阪急電車にのって

京都の美術系の大学に進学した。

ずっと大阪育ちだったので、京都に通うというだけで新しい気持ちになった。学校は鞍馬山(くらまやま)の近くにあって、阪急電車と京都バスを乗り継いで家から通うと、2時間近くかかり、毎日が旅のような気分だった。初めての電車通学とバス通学。

四条河原町(しじょうかわらまち)に向かう京都線の電車で、ひそかに好きな場所があった。それは、山崎(やまざき)から桂(かつら)のあたり。電車が山に近づいて、木々が、ぐわあっと、回り舞台のように立体的に見えるところ。ジオラマの中のこびとになったようで、その場所が近づいてくると、心がその山に、ぽんと飛んでいった。がたごとがたごと、「もうすぐもうすぐ」、「きたきた、きたきた」。まるで空を飛ぶ準備をするように待って、窓の外を眺めた。

春、菜の花の咲く桂川を渡っていくと、ひかりが増えてくる。ひかりがまわっていく。まわり舞台をまわったら、あたらしい世界が広がっていくようで——。

バスの本数が少なかったから、バス停では、かならず同じ大学の子たちと一緒になった。

女の子たちの私服がかわいい。高校も私服だったけど、なんか違う。なんというか、髪型が素敵だったり、靴が服装に合っていたり、色がきれいだったり、工夫しておしゃれをしている。わたしは、バス停でいろんな生徒たちの格好を見るのが楽しみだった。

少しずつ学校に慣れてきたころ、友人が、ひとつ上の先輩に憧れていて、その片思いに、みんなでのっかって、それぞれの片思いや気になる誰かの話をしたりしていた。わたしも、違う学部だけど、同じ学年に「いいいな」と思う男の子がいて、たまに話す時の声が好きだったのだけど、恥ずかしいので言わなかった。だけど、すぐにばれた。カンの良い友人に。

ある時、その友人にけしかけられて、学校までの道、歩いて近づいて、その子に話しかけてみた。少し話す。やっぱり声がいいな。でも、ちっとも会話が続かない。いいな、と思っても、その子のことは何にも知らないのだった。その子も、私のことなんか、知らない。

「あの子なあ、もともと、しゃべらんもんなあ」

友人も一緒にため息をついてくれた。古い映画が好きな男の子で、時々リバイバル映画のチラシを見せてくれたりしたので、うれしくて映画の話もしてみた。けれど、やっぱりすぐに話が途切れた。学祭の時、夜にみんなでホタルを見にいった。静かな川べりに、まるい粒のようなひかりが、すうっとひかる。きえる。その子が草の脇にしゃがんで、両手でホタルをつかまえて、てのひらを開くと、ひかりが舞った。しいんと黙って一緒に追った。

声が好きなのに、声が聞けない。いつまでも、ぜんぜん話せなくて、胸に何かが詰まったようで泣きたくなった。好きなような気がしたけれど、好きでなかったような気もして。

気持ちが、水蒸気みたいに蒸発していった。

夏のおわり、阪急電車にのって、ぼんやりと山を見ている時、いつもの緑が、いつものように立体的にまわって、今までの気持ちがくるりとひっくり返って、遠ざかった。

——好き、って、よう言わんかったなあ。

どんどん変化していく窓の景色。

そのうち、その子は学校の近くに下宿することになって、バス通学ではなくなり、学部も違うから会う機会もなくなった。話すこともないまま、学年が変わって、ある時、食堂で女の子と歩いてるのを見かけた。——ああ、あの子とやったら話せるんやなあ、と思った。

ひかるような気持ちは、電車の景色みたいに飛び去った。

毎日乗っていた阪急電車。

いまでも、京都線の窓からは、あのジオラマみたいな緑の山が見えるんだろうか。

すてられない服

どうしてもすてられない服がある。
まるい革のくるみボタンがならぶ、ダブルのピーコート。
自転車に乗っても風を通さない。マフラーを巻いたら、最強。
大学の時に初めて買ったピーコート。もう着ることはないのに、たまに取り出して、あ
あ好きだったなあ、この服。と、愛しい気持ちを思い出すと、やっぱり処分できない。
80年代、京都の新京極に細長いビルがあった。今もあるのかな。小さいお店のフロアが
細い階段で層のようにつながっていて、レコード店や古着屋、輸入ものが並ぶ洋服屋さ
ん、「大中」という中国雑貨屋さん、駄菓子とブリキの玩具の「となりのみよちゃん」とい
うお店があって、宝探しのようでおもしろくて、ひとりでよく通った。秋の終わりの頃、
そのビルの洋服屋さんで、ダブルボタンのハーフコートを見つけた。店先にかけられてい
た濃いネイビー。箱みたいなシルエットがかわいい！ と、吸い寄せられた。
「これはね、本当のイギリス海軍が着ているピーコートでね」

さわって見ていたら、店のお兄さんが近くに来て、親切に説明してくれた。わたしは、その時「ピーコート」という呼び名を初めて知った。ボタンが正統派の印だという。よく見ると、大きめの平べったいボタンに⚓（錨）マークの刻印。

「男女兼用やから、よかったら着てみますか」と、一番小さいサイズをすすめられた。鏡の前で、おそるおそる袖を通すと、かたい。そして、ずっしり――おもい。

ううーん。とわたしはうなった。着たい。でも、おもい。

海水をはじくように、オイルが染みているような硬いメルトンのウール生地だった。当時はオーバーサイズが流行っていたので、変ではなかったけど、ガバガバした肌触り。あきらかに服に着られている。でも、色がすてき。黒に近い深いネイビーが、かっこいい。

「大きすぎるかなあ」

諦めきれず、鏡の前で何度も袖をまくったり、ぐずぐずしていたら、店主は別のピーコートを指して、「こっちも着てみますか」と、にこにこ言った。

そのコートは、黄色っぽいライトに照らされて、ずいぶん上の方に吊るされていた。あんなとこに。言われるまで、気づかなかった。見ると、背中がボックスになっている、少しかわいらしいデザインのピーコート。

「これはね、女性用にできているんです」

さっきの説明で、「正統派」というのに、ぐっときて、ほんもののピーコートの方が、かっこいいのでは、と心が傾いていたわたしは、あまり気が進まず、生返事。正統派の方がいいのにな、と思いつつも、すすめられるまま、一応、着てみた。

はおると――あれ。さっきと全然違う。ふわっと、軽い。

背中のボックスプリーツの裾がフレアっぽいシルエット、バックベルトがついていた。こちらもイギリス製のウールだけど、メルトンよりも空気を含んだフラノで、やわらかくてあったかい。裏地はグリーンのタータンチェックで、ボタンはころんとした革のくるみボタン。正統派ピーコートの錨ボタンじゃないけど、特にそこが気に入ってたわけでもないし、なんか、なんか――イギリスの小学生の制服みたいで、これ、かわいいかもしれない。

服は、着てみないとわからない。

新鮮な気持ちになった。だけど、どうしよう。

すぐに気持ちを切り替えられず、正統派ベーシックもまだ名残惜しい。そして、迷った理由が、もうひとつ。正統派よりも、こちらは1・5倍ほど値段が高かった。

「こちらの方が生地が良いんですよ」

せなかがかわいい。

お店の人も、正統派は、わたしには少し大きいと思っていたのだろう。さっきはあまりすすめなかったのに、

「ぼくの妻も小柄なんですけどね、このピーコート、すごく気に入って着てるんです」

なんて言う。どうしよう。

漫画の原稿料で買おうと思っていたけれど、学生のわたしには大きな買い物だったので、迷いに迷って、いったん考えてきます、と家に帰った。

週末、母についてきてもらって、着ているところを見てもらうことにした。

「――こっちにしい、こっちがかわいいわ」

即答。

迷っていたけれど、生地が良い！　と、母の方が気に入って、ラッキーなことに、気前よく買ってくれたのだった。そんなわけで、硬く重い正統派ピーコートは遠ざかった。

そして、あれほど迷ったのに、いったん自分の服になったら、とってもうれしくて、わたしは、冬が来るたびに制服のように着た。

赤いチェックのスカートを合わせたり、クロップドパンツを合わせたり。マフラーも巻

きやすく、自転車もこぎやすい。ピーコートは、自分のからだに合っていて、重すぎないし、長すぎないし、革のくるみボタンは、さわるたびにまるっこくてかわいいし。そして、わたしは時おり、あの店主の奥さんも着ているかな、と、会ったこともない奥さんまで、思い浮かべたりした。

こっちにしてよかった。こっちがわたしの服だったんだ。

そんなふうに思える服は初めてで、うれしくて。

「わたしの服」と思えるコートだったから、結婚しても処分できず、毛玉を取ったり、ブラシをかけたりしながら二十年ぐらい着て、今もまだ手元にある。ふっくらしていたウールはずいぶん硬くなって、革ボタンはささくれ、もう着られないけれど。

すてられないピーコートのなかには、買った時の空気、お店のこと、迷った時間、大学時代のいろいろ、母のこと――ぜんぶがある気がしている。

はたちのコート

大学の頃、メンズっぽい大きめのコートを、袖をまくって着るのがすてきに見えた。女の子も男の子も、まるで大きな箱のようなコートを、がばっと羽織って着ていた。

——わたしも着てみたいなあ。

だけど、大きめシルエットが流行っていたから、小柄で華奢なわたしには、自分サイズのコートを見つけることは難しかった。お店で試着しても、服に着られている感がすごい。着丈も袖も長すぎるし、動きづらく、服が歩いているのか、わたしが歩いているのか。小柄には受難の時代だった。

ロングコートは無理！　と、すっかりあきらめていた時、大学に通うバス停で、友人のあいちゃんがブラウンのロングコートを着て、バスを待っていた。ヘリンボーンツイード。「かわいい！」と近づくと、「おかあさんに、作ってもらってん」と、嬉しそうなあいちゃん。あいちゃんのお母さんも洋裁をするのだ——そうか、その手があった！

わたしは、高校に入った頃から、既製服の方がいい、とあまり母に服を作ってもらわなくなっていた。贅沢な悩みだけど、縫ってもらうと、細かなところでイメージが合わなくて、わたしが不満を言ってしまう。それで、母も、「縫うたろか」と言わなくなって、自分の服しか作らなくなっていた。

——コートかあ。縫うの大変かな。いい感じに作ってくれるやろか。うーん、面倒がるかなあ、そう思いつつも、おそるおそる母にお願いしてみた。すると、

「成人式の時に着られるように、縫うたろか?」

と母。すごく乗り気。そうか、もうすぐ成人式。

そういえば母は、昔からイベントに力を注ぐタイプだった。わたしが、ふりそでの着物はもったいないから、いらない、と言ったので、がっかりしていた。「じゃあ、ワンピースも一緒に縫おか」と言い、「ええ生地あるで」と、いそいそと押し入れの奥から生地をひっぱり出してきた。母は、ふだんから好きな生地を見つけて買ってきては、押し入れの箱にストックしている。わたしも隣にすわって、一緒にいろいろな生地を手にとった。

部屋じゅうに、みるみるひろがっていく布の海。

ジョーゼットに、フラノ、ツイード、ヘリンボーン。こういう流れになると、母は押し入れの前にすわったまま、つぎつぎと布を見せては、あれにぴったり、これ作ろうと思っ

た、と空想話が止まらなくなる。

母は、布をさわっていると幸せなのだ。

縫っている時よりも、ずうっと、楽しそう。

わたしは、黒のツイードにするか、ブラウンのツイードにするか迷った。「ブラウンは、コートを作るにはギリギリのメーターしかない」と母が言う。でも、ブラウンがおじさんぽくて素敵かも。わたしは、ブラウンにした。

布が決まると、母は、「成人式」に、張り切りすぎなぐらい集中。

「こんな長いコートで、ほんまにええの？」

と言いながらも型紙を作り、本格的なメンズ仕立てにこだわって、生真面目にきっちりと作りはじめた。わたしも切りじつけするのを手伝ったり、こつこつと夜なべしながら、ついに、ポケットだけが最後に残った。

「このへんにポケット開けたら、できあがりやで」

母は嬉しそうにポケット位置に型紙を針で止めた。わたしは出来上がるのが待ち遠しくて、「今日できる？　明日できる？」とたずねてから学校に行き、いそいで帰ってきた。

そしてその夜、ようやく「着てみ！」と鏡の前。

羽織ると、肩幅がちょうどいい。体に合っているから楽！ラグランスリーブの比翼仕立てで、イメージ通り――でも。あれ？

なんかへん。

「手が届くの、ぎりぎりやん！」

残念なことに、母は、ポケット位置を十センチも間違えて、低く開けてしまっていた。ポケットに指先しか入らない。他は完璧なのに、バランスがおかしい。

「なおされへんわ、どうしよう。生地がないわ……」

母は、なんともいえない心細い顔になった。子どもみたいな顔。

そして、苦しまぎれに、「ポケットに手を入れへんかったら、誰も気づかへんで」とか、「ツイードやから、ポケットあんまり、目立てへんし」などと言ったりした。

でも、わたしは落胆して、「へんやわ」と言ってしまった。

母はしいんとなった。いちばんがっかりしているのは、母だったかもしれないのに、わたしはやさしくできなかった。

わたしのはたちは、子どもだった。

成人式の日は、母の縫ったワンピースで記念撮影。コートの写真は残っていない。

憧れのツイードコートは夢と消え、ポケットに手が届かないコートは、やっぱりどこかへんてこで、着るたびに残念な気持ちを思い出すので、時々しか着なかった。

母もわたしも、とても楽しみにしていたコート。

久しぶりに縫ってもらった服。

それ以降、しばらく母は、コートだけは、自分から「縫うたろか」と言わなかった。

けれど、誰かの服を縫うのが楽しかったのか、その頃からまた、時々わたしに、服を作ってくれるようになった。

ポケットに
手がはいらない。

布っていいなあ

さらさらとしたコットン。

ひんやりとしたシルク。

透けるやわらかいシフォン。

タフで温かいリネン。

ベコベコのかたいデニムに、ざらりとしたツイード。

ぼこぼこの、アストラカン。

しっとりと指が吸いつくような、カシミヤのフラノ生地。

布っておもしろいなあと思う。さわっているだけで、心が変化していく。

まあたらしいコットンにしゃんとしたり、やわらかいウールに静かな気持ちになったり。

肌ざわりは、心に連動している。新しい布地を買うと、何も作らなくても、さわったり
広げたりしているだけで幸せな気持ちになるのは、わたしだけだろうか。

生地屋さんで、お店の人がロール状の布をシュルーン、シュルーンと勢いよく引っ張り

出して、ハサミを滑らせ、ビーッと手早くカットしていくところを見るのも好き。爽快というか、快感というか、いつも楽しくてどきどきする。

新大阪に、「センイシティ」という繊維の問屋街があって、実家にいる頃、母に連れれて何度も行った。今はどうなっているのかな。当時はそっけないビルの中に、色々な生地屋さん、材料屋さんが、ぽつぽつと並んでいた。にぎやかというよりは、わりとがらんとそっけない場所で、だけど、一つずつのお店に入ったら、とたんにカラフルな布が並ぶ、めくるめく世界。行くたびにわくわくした。自分で布を選べる！　というのも嬉しくて。

わたしの好きなお店は、一番奥のかどっこ。そこは、小さい場所だけど、イタリアや英国から輸入された「はくらいもん」と母が言う生地が並んでいて、よそのお店より色が繊細で美しかった。一歩、店に足を踏み入れると、音が消えて、しんと静か。話し声が布に吸い込まれる。細い通路にはあふれるように並んだ布地。見たことない組み合わせのかわいいチェックやストライプ。色無地のグラデーション。魅力的な生地はたいてい高いところにぶら下がっていて、お店の人に言わないと見せてもらえない。買うつもりはないけど、見てみたい生地もあって、憧れるように眺めた。母は、その店に入ると、布地をさわっては、ひそひそと小さい声でわたしに言うのだ。

「この店の生地、ぜんぜんちがうやろ？」

はじめ、わたしにはわからなかった。

「さわってみ。さわった時にな、生地がぬめっとしているのが、良い生地やねん」

ほんとうだった。人指し指と親指でつまんで、指の腹でさすると、しっとりしている。

「こっちのもさわってみ」と、言われて同じようにさすると、どこか乾いた感じ。微妙だけど、奥の方がしっとりしている布の方が、すごく気持ちいい。

「布はな、さわらなわからへん」

しっとりとしたツイード。さらりと薄手のウール。母の話し声を布たちが聞いているような気がした。店のおじさんに、布を広げて見せてもらうと、折り畳んでぶら下がっていた時とまた違って見える。おじさんが、「鏡の前で（からだに）当てて見てみ」と、さっと広げて渡してくれるので、顔の下に当ててみると、また布の印象が違って見える。

布って、おもしろい。布って、おもしろいなあ。そこでは、あっという間に時間が過ぎた。

今でも、布が好き。特に、さわり心地が良い服が好きなのは、あのころの母の刷り込みがあるからかもしれない。

カラフルな布たちに、ぎゅうっと包まれるような店の中。

センイ街のイタリアリネンで
縫ってもらった夏ジャケット。
色がきれい。

クロップ丈のチーノパンも。

ももこさんと夾竹桃

夏、夾竹桃(きょうちくとう)の花を見ると、ももこさんを思い出す。

漫画を描き始めて、2年ぐらい経ったころ。新年会の時に話しかけてくれて、親しくなったのが、さくらももこさんだった。ももこさんは、デビューしたばかりで、まだ静岡にいたので、初めてのホテル泊。かわいらしい大学生なのに、とってもお酒が強くて、にこにことグラスを空にして、みんなに話しかけられていた。一緒に泊まった翌日に、わたしが、「浅草のお風呂屋さんに行ってみたい」というと、ももこさんが「日暮里に行ってみたい」と言うので、「じゃあ、一緒に行こう」となった。バブルの頃で、みんなが原宿や渋谷で遊ぶ計画を立てている中、地味な日暮里の駄菓子屋に行き、お店のおばあさんと話しこみ、浅草の花やしき遊園地に行き、路地のおふろ屋さんに入り、日が暮れるまで遊んだ。渋い好みのわたしたち。あっという間に仲よくなった。

その後、ももこさんとは文通が始まり、おたがいに、ざら紙をホッチキスで留めた手作りの個人誌を送り合ったりした。ももこさんからは毎回すごい力作が送られてきた。パソコンなんてない時代、びっしりと全部手書きの文字で、絵は色鉛筆とマーカーで色付け。いつもの手紙が本になったみたいな雑誌で、家族のことや日常感じている不思議な感覚について書いてあったり、コマ漫画だったり、伝えたい気持でいっぱい。面白くて、いつも届くのが楽しみだった。

ももこさんが上京して、「ちびまる子ちゃん」の連載が決まって会社を辞めると、わたしは、ももこさんの高円寺の部屋によく泊まりに行った。小さい部屋で、一緒に寝たり起きたりしながら、中古レコード屋さんに行ったり、おふろ屋さんの帰りに屋台でおでんを食べたり。

ももこさんはまるちゃんみたいに、いろんな友達と軽やかにつながりながら、本当に楽しそうに東京で暮らしていて、中央線沿線に住む親しい漫画家のところに、わたしも遊びに連れて行ってくれた。赤ちゃんができたばかりの水沢めぐみちゃんのところでごはんをご馳走になったり、柊あおいちゃんの家のこたつで、みんなで朝まで絵を描きあって、とりとめなく話しながら、遊んだ。みんな二十代で、好きな人がいて。

ももこさんも、締めきりの合間に、大阪のわたしの家によく遊びに来てくれた。インドっぽいお店が好きで、大阪の中津(なかつ)のカンテグランテという洞窟みたいなチャイ屋さんに行って、ヒモで調節してかぶる、袋みたいなネパールの帽子をおそろいで買った。エスニックな甘い匂いのなか、鏡の前でならんで試着。「こんなのかぶってたら、怪しいよね」「でも、かぶったら、意外とふつう」と、店のすみっこでくすくす笑いあった。

その夏ももこさんは、うちに二週間ぐらいいて、そのあとまた、ももこさんが帰る時に、わたしがついて行って泊まってと、気がつくと、ひと月近く一緒に過ごしていた。さびしがりのももこさんは、「いいじゃん、このまま、また、うちに泊まりに来なよ」と誘い、きりなく行ったり来たり。そんなふうに一緒に暮らすように遊んでいた、ある朝、パジャマのままのももこさんが、「いつかエッセイを書きたいんだよね」と静かな声で言って、書いたものを見せてくれた。ふとんにもたれて読んだ鉛筆書きのそれは、サラサラと書かれていて、話し上手なももこさんそのもの。あの手書き雑誌みたい。読みながら、わたしがくすくす笑うと、ももこさんは「いつかね」と、笑って、またふとんに寝ころんだ。

朝寝坊して、好きな人の話をして、商店街を歩いて、しょうもないことで笑って。漫画も描いて、また夜更かしして——あの頃、名前のない時間があふれるようにあった。

その夏のことで思い出すのは、大阪で一緒に車に乗っていて、道路沿いの夾竹桃の花を見て話していた時。夾竹桃の花が、どこまでも咲いていた道。ももこさんが急に、

「わたしさ、いつ死んでもいいの。明日死んでも平気。ほんっとにそうなの」

と、きっぱり言って、はっとさせられたこと。まだ若かったからかもしれない。だけど、ももこさんにはそういう達観したところがあって、今日生きてることが奇跡で、明日生きているとは限らないことを、こころの芯に持って生きていたような気がする。

今は——空の向こうで、また、だれかとゆるやかにつながっているかな。

夏、夾竹桃の花を見ると、ももこさんに会いたくなる。

空色のワンピース

好きな人と、遠く離れていた頃のはなし。

空色のワンピースを縫うことにした。

たまにしか会えなくて、たまにしか会えないから、一緒の時間を思い出してもらう時に、きれいな色の記憶だといいな、と思ったのだ。

空色の思い出だといいなあ、と思った。

生地屋さんを見に行ったけど、理想の空色は見つからず、家の押し入れにある生地を探したら、理想的なサックスブルーが見つかった。さらっとしたコットンが良かったんだけど、ジャージーっぽい布しかなかった。だけど色は完ぺき。マチエールもあって、とっても好み。ぎりぎりワンピースが取れる分量があったので、色優先で、この生地にした。

ワンピースを作るのは初めて。

母に教えてもらいながら、型紙をひいて、布に針でとめ、切りじつけ。じゃきじゃきと裁断。縫って、失敗してほどいて。下手くそなので、ほどく時間の何と多いことか。

アイロンしてしつけして、夢中でミシンを踏んでいるうちに——夕暮れ。

ミシンについている小さい灯（あか）りは、昼間は光っていることがあんまりわからないけれど、日が暮れると、手元だけがぼんやり明るくなって、部屋が暗くなっていることに気がつく。あっというまに時間が過ぎていて、窓の外の夕暮れにはっとして、電気をパチン。

でも、まだやめられない。やめたくない。母が、入学式や修学旅行、家族旅行と、何かイベントがあるたびに、新しい服を作ろうと、夜なべしてミシンを踏んでいた気持ちがわかる気がした。そうして、あと少しで形になるから、もうちょっとだけ、もうちょっとだけ——と、続けていたら、突然ミシンの音が、ががっ、と、くぐもった。

「あ！」

失敗した。やってしまった。

形がほとんど仕上がり、最後、裏返してロックミシンをかけている時だった。うっかり、脇を挟み込んで縫ってしまったのだ。縫うだけなら良いけれど、ロックミシンはロックしながら余分な布もカットしていく仕組みなので、脇の布までカットされ、なんと、穴があいてしまった。走っていた気持ちが一気にしぼんでしまい、泣きたくなった。

会いたい人に会うことすら、もうどうでもいい。

冷静に考えると、布に穴があいたぐらいであほらしい……。だけどわたしは、恋愛も、うまくいかないような気がしてきて、もう全部やめたくなってしまった。

部屋を見に来た母が、わたしのほうりなげた穴あきワンピースを見て、「あーあ」と笑った。穴をじっと見つめて「生地、もう余分にないからなあ」と言い（これが失敗のもと）、「でも、袖の下やし脇やから、わからんやろ」と、ミシンの前に座って、同じ色の糸でステッチをジグザグにかけて補修しはじめた。

でも、「最初っから補修のある服なんて」と納得がいかない。「もうこの服、着て行かへんから、いい」と横を向いていたわたしに、「見てみ」と母。

なんと、本当に目立たなくなっていた。糸の色がぴったり。着ると脇の真下なので全然わからない。この時ばかりは、今まで数々の失敗をしてきたであろう母の応急処置に感謝！　そして全体を見ると、思ったよりも、かわいくできているかも（そんな気がした）。

ふてくされながらも、ホッとすると、恋人に会う時の空色が、また心に広がっていった。

——単純なものです。

しばらくして、わたしは、そのとき遠く離れていた恋人と結婚した。

これを着て会いたいなあ、という一心で踏むミシンの音は、なんだかとても愛おしい。

じみだけど
おめかしのつもり。

ウエディングドレス

結婚したのは秋。

だから、ウエディングドレスの裾まつりは、夏のおわりの風景。

洋裁をしていた母は、わたしが子どもの時から「由子ちゃんのウエディングドレス縫うのが夢やねん」とよく言っていた。だから、結婚が決まってからは、寂しがるふうでもなく、さっそく気合いが入って「どんなのにする?」と、いそいそ雑誌を持ってきた。

母は少し前に、わたしの友人が結婚する時にもウエディングドレスを作ってあげていた。友人のドレスは胸のところにドレープのある、大人っぽくフェミニンなデザイン。彼女の体型によく似合っていた。でも、わたしは……と、色々見るうちに、自分が、特にウエディングドレスに思い入れがないことに気がついてしまった。着たいウエディングドレスがないのだ。作りがいのない娘である。

しかも、見れば見るほど、フリルもレースもドレープも気恥ずかしくなってきてしまって、母に「もう、はよきめて」とせかされ、悩んだあげく、ほとんど装飾の無いさっぱりしたデザインのものにしてしまった。母は、もうちょっと凝ったデザインのドレスを作りたかったかもしれない。ちょっとがっかりしているようで、

「こんなんでええの？」「ほんまにええの？」

と、なんどもわたしに聞いた。

「うん、こういうシンプルなのがいい」

マットな光沢の、何でもない、ただただ白い生地のドレス。がんこな上に面白みのない娘のわたし。「でも、これ、何の生地かなあ？」雑誌を見ながら、わたしはきいた。

「シルクタフタとちがうかな？」と母。

生地まで、そっけなすぎる、って言われるかな？ と思ったら、じいっと見て、

「シンプルやけど、この生地、きれいやとおもうで」

そうして、ようやく買った、たっぷりのシルクタフタ。

こんなにたくさんの布。はじめて見た。何メートル買っただろう。

うちに持って帰って生地を置いているだけで、もう美しかった。ひかる雲みたい。

汚してしまいそうで、そっとさわった。

しっとりしていてハリもあって、さらさら、さらさら、シルクの音。

「すすんでるー？」

家で、仮縫いをしていると、かわるがわる近所のおばさんたちがのぞきに来た。裏口から入って、ドレスの進み具合を見にやって来る。

大学を卒業してから、家で漫画を描いていたわたしは、母に洋裁を習いに来ていた近所のおばさんたちと毎日のようにおしゃべりをしたり、買い物に行ったり。ずいぶんとかわいがってもらっていた。母だけが年上で、みんな小学生や中学生の子どもがいるおかあさんで、うちでおしゃべりしていると、子どもらが出たり入ったり。お菓子を食べたり、あそんだり。毎日そういう実家暮らしにどっぷりと浸かっていると、家から出たいと思ったこともなく、結婚するといっても、あまりぴんとこなかった。

「ほんまにこれ、着るんかなあ」

と、わたしが言うと、

「あたりまえやんか、ちゃんとおよめにいかなあかんで」

「おばちゃんが、着たろか」などと言って、笑った。

みんなきゃあきゃあ、とよく笑って、温かかったので、わたしは、この平和でぬくい世界から離れがたかったのかもしれない。

部屋中にひろがった、ウエディングドレスのまるい裾。楽しそうに座って、みんなで並んで、まつってくれた。時間がある時に部屋に入ってきて、次々と誰かがまつってくれた。

「これ、まつってもまつっても、おわれへんなあ」

床の上で波打ったドレスは白い雲みたい。

雲の上で、みんなで針仕事をしているみたい。

夏のおわり。ドレスが汚れないように、きれいに片付けてみんなで麦茶を飲んだ。

からんからんと、こおりの音。

白い雲みたいな、シルクタフタ。

わたしの結婚を、みんなで楽しんでくれた。

結婚式よりも、しあわせな風景だったなあ、と思う。

3章 あのころの服

あのころの服。①

昭和のころ。こども時代は母のつくった服ばかりでした。
小学校でもクラスの半分ぐらいの子が、お手製の服を着ていました。
こどもにも、よそいきの服と普段着があって、ちっちゃくてもおめかし。

ふだんは
長ぐつ。
毛糸のししゅう
ふわふわ。
さわる。
よそいきふく
母が帽子づくりに
はまっていたころ。
ピンポンパン風のぼうし。
白い
ハイソックス
Tストラップの
おしゃれぐつ。
サッカー地の
すずしそうなワンピース。
夏は キホン、ビーサン。
肩がずれる

1970年代

一年生のころ
ミニスカート。
母のつくった服ばかり。
ハゲっぽいおでこ
アドちゃんトランク
シールやノートも持ってました。
アドちゃん
派手な赤むらさきの
ワンピース。すごい色。
レースの
ハイソックス
うすい髪。
ぱっちんどめで
とめる。
パンダブーム。
パンダの絵の
千代紙集めてました。
見るだけのたのしみ。

サンリオブーム。

目すれすれの前髪。

みんな持ってたスヌーピーのカバン。

6年生の修学旅行につくってくれたスーツ。

あとからベストも。

ジャケットをよくつくってくれました。

パンタロン。

ベルボトムをパンタロンとよんでいました。

大人もこどもも太いのをはいてた。

パンタロンはフランス語で長ズボンのこと。

ぽっした赤い実

中学はセーラー服でした。

夏服

ソックタッチ

ぴったりくっついてパリパリになった。

あのころの服。②

コート好きなので、コート編。個人的な、なつかしコートです。80年代は大きなシルエットの服が流行っていて、ジャケットには肩パッド。90年代になると、トラッドっぽくぴったりシルエット。シルエットは変わっても、ワンピースのようなコートがずっと好きなんだなあと思います。

1990年代

母につくってもらった
肩はばぴったりのコート。

2000年代

ショートダッフルを
よく着ました。赤いの。

おなかまわりがゆったりなので
妊娠中も着ていました。

子育て中のコートたち。

2010年代

自転車にのる時にふわふわの耳あて。

よく着たダウンインナーつきコート。

MHLの。

えりなしゆったり
A&Sのピーコート。
10年以上着てる。

ばさっとはおる
着物みたいな形のコート。
Gallegoの。
青い
サクラコート。
ロングコートは冬のワンピース。
学校に行ったり、
入学、卒業式に。
せなかがかわいいステンカラー

タートルではなく
とっくり。
タマタマのかみどめ。
なわとび
ごむとび。
昭和なこどもだった
わたし。

4章

おまもりワンピース

ゴムのズボン

大きい紙を広げたら、ぱりぱりと音がする。べこばことあたらしい紙の音。茶色い模造紙を机いっぱいに広げて、「さて」と、定規を置いて型紙を引く。まっさらの大きい紙に線を引くときは、なにか、「はじまりはじまりー」と、物語の幕があがるようでうれしい。

結婚してすぐの頃、初めてひとりで服の型紙を作ってみた。家にいる時は型紙なんて母まかせで、いろいろ教えてもらっても面倒で、「洋裁なんてするかなあ」と思っていたのに、家を離れると作りたくなった。

結婚して東京の西の方に住んだ。昼間ひとりになると、あたらしい部屋で、ふわふわと心が漂っているような、どこか心細い不思議な気持ちになった。はぐれた風船みたい。大阪から遠く離れたその場所は、まだよその町だった。

ある日、買い物に出て、慣れない町を自転車で走っている時に、生地屋さんを見つけた。くるくると巻かれた色とりどりの布が、たくさん立てかけてあって、入り口の箱にはかわいらしいハギレがいっぱい。実家にいた時のような懐かしい気持ちになって店をのぞくと、「なにつくるの？　奥にもあるよ！　見る？」と店のおじさんに声をかけられた。まだ、何も作るつもりがなかったわたしは、とっさに「また来ます」と言って、店を出た。

「こんな近くに生地屋さんがあるのか」と思いながら、駅前の路地を入ると、小さい手芸店もあった。懐かしいような古い店で、ボタンでもリボンでもなんでもそろっている。となりには、日本茶の店、お蕎麦屋さん、ギャラリー、文房具屋さん……。

ああ、わたしもこの町に住んでいるひとりなのか。その時、急に思った。その日、生地屋のおじさんに親しげに声をかけられて、知らない人、知らない道、知らない町並みに、ぽつんと色が灯（とも）ったような気がした。

なにか縫おう。すぐ縫える簡単なやつ、自分サイズのやつ。

わたしは、ものすごく簡単なウエストゴムのズボンを縫うことにした。当時はビッグシルエットの服が流行っていたので、小柄なわたしには大きすぎ、自分サイズのものがなかなかなかった。たいてい自分でお直し。サイズがピッタリなのがほしいなあ、と思っていた。ソーイングブックに、型紙一枚でできる、パッチポケットだけの超簡単なパターンを見つけた。「これ、どんなシルエットかなあ」。脇も縫わなくていい筒型のパンツだったので、ぱりぱりと模造紙を広げ、さっそく型紙を引いた。

秋だった。冬まではける、あたたかい生地のパンツにしよう。

さっそくおじさんの生地屋さんに行ったら、いろいろ見せてくれて、ブラウンのコーデュロイの生地を買うことにした。生地を裁断してもらってる間に、奥にあった赤いウールのチェックの生地をさわって「これも、かわいいなあ」と見ていたら、「これ、もう、生地が終わりだから、安くしてあげるよ」とすすめられた。「でも、ウールだと、裏地をつけないとちくちくするしなあ」。簡単に縫いたかったわたしは尻込みした。するとおじさんは、にこっとして、つるつるした裏地用の布を指さし、「こういう裏地の布でさ、同じ型紙でもう一枚縫っちゃえばいいんだよ。そんで、重ねてはいたらいいの」。

「あ！」と、わたし。

「そうだよ、他のズボンの裏地にもなるし、一枚作っとくと便利だよ！」

おじさんは、楽しそうに、いろいろ教えてくれた。わたしは、ウールのチェックと裏地用のツルツルの生地も買った。まんまといっぱい買わされたかな？　と思いつつも、自転車をこいで帰る道、とても楽しい気持ちになった。

おじさんに教えてもらったとおり、同じ型紙で裏地のズボンを縫った。大活躍だった。

自分のパンツ専用ペチコートだ。おじさんにも「縫ったよ」と、はいて見せに行き、またあたらしい生地を買った。裏地をつけなくてもいいので、いろんな生地で縫った。勢いづいて夫のも縫った。脇ポケットがついた型紙も作って、進化させてサロペットにしたり、丈を短く、生地をベロアにして、よそいき風のフレアパンツも縫った。おじさんはよくオマケしてくれた。

何度も通ううちに、途中の精肉店の美味しい揚げたてコロッケや手作りソーセージの店を見つけたりした。晴れた日は、その通りからきれいな夕焼けと富士山が見えた。

関西人のわたしにとって、富士山はとても非日常。うわあと、感激して夫に伝えると、

「だからあそこ、富士見通りっていうんか」

「商店街の人らってな、『冬の間に何回、富士山が見えたか』、当てるクイズしてるみたいやで」

そんなことも、得意になって教えたりして。

あの生地屋のおじさんに声をかけられた時が、わたしの東京暮らしの「はじまり、はじまり」だった気がする。

すきだった
ピンクの腕時計。

ゴムのズボンの進化形。

片っぽにだけ、ポケットつけました。

青い服

父は紺の服が好きだった。

「おとうさん、また、紺の服、買ってる」

「おとうさんは、アホのひとつおぼえみたいに、紺ばっかり」

母はよく笑っていたけれど、父が亡くなった時、紺のジャケットに紺のパンツ、紺のセーター。服を整理したら、ほんとうに同じようなデザインの紺のグラデーションが、クローゼットの中にあった。

「お父さん、ほんまに紺の服ばっかりやんか」

母と泣き笑いした。

父の紺好きを笑っていたわたしだけど、今は、服なら紺が一番好きな色かもしれない。紺というか、青。青でも、黒っぽいものは苦手で、紫がかった「なす紺」や、ちょっと彩度のある「花紺」と呼ばれるようなロイヤルブルーも好き。気がつくと、わたしのクローゼットも青い服ばかり。遺伝かもしれない。

色白だと、濃いネイビーが似合うのかもしれない。でも黄みがかっているわたしの肌にはネイビーでも、どこかに青さが感じられる方が顔色を明るく見せてくれる。小物を合わせた時にも、きれいな色が映えるから、そういうところも好き。まあ、自己満足です。でも、日本人が昔から藍染めの布を身にまとっていたのも、肌をきれいに見せる色だからなのでは、とひそかに思っている。

もうずいぶん前の服なのだけれど、大好きでどうしても捨てられない青いワンピースがある。自分の青い服好きは、このワンピースから始まったような気がする。それは、結婚してすぐの頃に母に縫ってもらったAラインのワンピース。

90年頃の『ｓｏ-ｅｎ（装苑）』という雑誌の巻頭ページに載っていた、小野塚秋良(おのづかあきら)さんのＺｕｃｃａの洋服で、この時の誌面が絵本みたいでとってもかわいかった。しかも、当時の『装苑』は、贅沢なことに特集ページは製図つき。自分で型紙を起こせば、チビのわたしでも同じシルエットの服を着ることができた。わたしは、すぐに母にお願いした。

「へえ、こうなってるんや。おもしろい型紙やなあ」

母は雑誌の後ろの型紙のページをのぞき込んで言った。それは一見すとんとしたふつうのワンピースなのだけど、スカートの裾の両端がぴんと、とんがって三角になっていた。

「このえりも、おもしろいなあ」

えりも裾と同じようにとんがっている。写真ではわからなかったけれど、二重合わせになっていなくて、端がくるんとまつってある。それが、ウールなのに、とても軽やかな印象。花紺の明るい青が、かわいいのに大人っぽくてすてき。わたしは雑誌と同じ青色にした。

母は型紙を取って、写真のモデルさんみたいなシルエットになるように、仮縫いで、フレアの分量をわたし用に修整してくれた。着た時のシルエットが大事。ウールなのに軽さのあるデザインに一目惚れしたから、とてもやわらかい、良い生地で作ってもらった。

結婚して、新しい場所に住んで、知らないことだらけ。たくさんの新しい人と出会った頃。わたしは、初めてのだれかと会う時に、緊張しないように、いつもその服を着て行った。やわらかくて、愛らしさもある青いワンピース。

大好きなそのワンピースを着ると、すごく自分らしい気がして。

その頃のわたしの、よそいきの青。

おまもりみたいな服だったなあ。と思う。

一枚仕立てのえりが
すそとリンクしている
ワンピース。
とがっている。

貝のボタン

昼下がり、ちょきん、ちょきん、と糸切りばさみでボタンをはずす。

これはもう着ないな、と思って服を処分する時、かわいいボタンがついていたら、わたしはボタンを切り取ってからにする。この習慣は、小さい頃、母が服を処分する時に、「もったいないから」と言って、いつもボタンだけをチョキンと切っては、裁縫箱にためていたのを見ていたからだと思う。

わたしの子どもの頃、まだ街には、洋服の仕立屋さんが普通にあった。「あつらえもん」といって、オーダーメイドで自分の服を仕立ててもらうことは、めずらしくなかった。家で縫う人も多く、仕立てる時、生地もだけれど、ボタンを選ぶのが楽しみのひとつで、特にコートやジャケットにはちょっと特別なボタンがついていた。生地に合わせて、ころんとあめ玉みたいなカラーボタンや銀色に縁取られたブローチみたいなボタン、ガラスのボタンや革のボタン。ボタンはただ、布を留めつけるだけのものではなくて、アクセサリーみたいに特別なものだった。あの頃の服は、ボタンもだけれど、色がカラフルで、ぴったりと自分のサイズ。そして、普段着とよそいきがはっきりしていて、お出かけの時は、みんな特別な自分だけの服を着たい、と思っていたような気がする。

「安い生地で作ってもな、ええボタンがついてたら、ええもんに見えるねん」

母は言った。そして縫いかけのジャケットのボタンホールの位置に、「どのボタンにしよかな」と、あれこれボタンを置き、「これとこれ、どっちがいい？」と、わたしにきながら見せてくれる。たとえば、茶色いジャケットに革ボタンと、べっ甲のようなボタンを置いてくらべてみると、ボタンで服の印象がまるでちがうのだ。ボタン次第で服の顔が、がらりと変わる。ボタンの魔法をかけられると、服は、かわいくなったり、かっこよくなったり。見ているだけで心がときめいた。

ある時、母がちょきん、ちょきん、といつものようにボタンを切り取っている時に、「ほら、さわってみ」と言って、わたしに小さいボタンをさしだした。白くて丸い普通のワイシャツのボタンだった。つまむようにさわると、ひんやり。

「ちょっとつめたいやろ。貝でできてるからやで」

さわったらわかる、とうれしそうに言った。マットなプラスチックと違って、貝ボタンは虹色にひらひら光った。そして、ボタンをひっくり返して裏を見せてくれた。裏はさくさくした石膏みたいで、薄いピンクや青の入ったまだら模様。「貝やからな、全部模様が違う」、「貝ボタンって、かわいいやろ」と、うれしそう。

以来、母の刷り込みなのか、貝ボタンがかわいく見えるようになった。何でもないシャツボタンを、つい、さわって裏返し、貝ボタンかどうか確かめる。そのたび、ああ、つめたくて、いいなあ、貝ボタンは。と、わたしは思うのだ。

貝らしい生成り色のボタンも好きだけど、黒蝶貝のブラウンがかった黒い虹色も素敵。焦げ茶色や黒、生成り色、糸穴の所が猫の目のような切り込みの貝ボタンや、カップのような厚みのある貝ボタン、貝ボタンといってもいろいろある。大きさで愛らしさも違うから、いろんな貝ボタンをストックしてしまう。

普通に買ったシャツでも、もともとついているプラスチックのボタンを外して、貝ボタンに付け直すだけで、しゃんとした顔つき（？）のシャツになったり、品のあるブラウスになったりする。ジャケットのボタンを革のボタンに替えたり、ワンピースのボタンをガラスボタンにしたり。すぐにできるボタンの魔法。少し手を加えるだけで、自分用の特別な洋服になるのが、うれしくて。

ちょきんちょきんと、ボタンをはずす、昼下がり。

すきな色の
シャツワンピース。
黒蝶貝のボタンに
つけかえました。

おっちゃんと帽子

帽子が好きなおっちゃんだった。いつもかぶっていたのは、ポークパイハット。

うきたさんは、わたしが高校まで住んでいた家の向かいのおっちゃんで、「具体」という美術集団で作品を作り、小さい工場を経営し、「きりん」という子どもの本の編集をしているらしかった。でも当時子どもだったわたしは、そんなことは知らなかった。

近所で集まってやる神社の掃除の時、小学生のわたしに「終わったら、コーヒー飲みにおいで」と家によんでくれて、ミルクたっぷりのコーヒーを入れてくれ、夏には問屋で買った花火を近所の子どもたちに箱いっぱいくれる、それがおっちゃんだった。

大正生まれのおっちゃんとは、ずいぶん歳(とし)が離れていたけれど、なにか気が合った。地味でぼんやりなわたしを「あんたは、かわりもんやなあ」となぜかおもしろがってくれ、わたしが向かいから引っ越しても、東京に引っ越しても、ずっとかわいがってくれた。

おっちゃんは、いつも帽子をかぶり、先のまるっこい、ころんとした革靴を履いていた。

ある時、夫がおっちゃんの靴を見て、「いいなあ、そんな先の丸い靴、どこに売ってるんですか?」ときいたら、「これな、作ってもらってん」と嬉しそうに、にこっと笑った。

おばちゃんが、「たっかい靴やでえ。神戸で作ってもらいやってん。とうちゃんな（おっちゃんのこと）、お金ないのに気に入ったら、ぱあっと買うねん。高いから、やめとき！ってゆうてんで、おばちゃんは」と言うと、おっちゃんは、ははははと楽しそうに笑っていた。

わたしは、おっちゃんの近くにいると、しゃべらなくても、いつも、ドスンと安心した気持ちになった。

わたしが結婚して、東京に引っ越すことになった時、おっちゃんは、「おいしい中華料理食べに行こ」と、神戸に誘ってくれた。おばちゃんと3人で、車で中華街に行って、そのあと、ちいさい帽子屋さんに連れて行ってくれた。昔ふうのガラス窓の入口で、ショーウインドウ越しにいろいろな帽子が並べられているのが見える。中は狭くてひっそりとした空気で、外からの昼の光だけ。布と木の匂いがした。

おっちゃんが店主に声をかけると、中原中也（なかはらちゅうや）みたいなフェルト帽やベレー、いろいろな帽子をかぶらせてくれた。おっちゃんは、「どれか、こうたるな」と言って、子ども用みたいな乗馬の帽子を見つけて、「これ、おもろいやん、かぶってみ」と渡した。わたしがぎこちなくかぶると、鏡をのぞきこんで「にあうで！」と笑っていた。

「これにしよかなあ」

わたしは、スコットランドウールの帽子にした。伝統的な白とネイビー、グリーンボーダーのニット帽。「こうてもらい、こうてもらい」と、おばちゃんが後押し。その帽子が割と安いものだったからか、おっちゃんは、こっそり乗馬帽子の方も買ってくれていた。

急に連れて行ってくれた神戸だったけれど、おもしろかった。おっちゃんの好きな帽子屋さんと神戸。今思うと、結婚が決まったお祝いだったのかな、と思うけれど、おっちゃんはそうとは言わなかった。なにか、ちょっとぎこちなくて、でも、温かい時間だった。

わたしは、その帽子を持って東京に引っ越した。

帽子をかぶると、おっちゃんのことを思い出した。

おっちゃんは八十八歳で亡くなる最後まで、何度も東京に来てくれた。血が繋がってないから、いろいろなことが話せる大人の人だった。会えなくなったおっちゃんは、胸の中に時々あらわれる。でも、もう、あたらしい声は聞けない。

わたしは、帽子と、もっとたくさんのものをもらった。

帽子をかぶると思い出す。あの時のぎこちない時間と——

こころが、ドスンと安心する、幸福な時間を。

コートはワンピース

冬のロングコートは、ワンピースだと思う。

気候の良い時には、ワンピースを一枚着て出かけるのが好きなのだけど、冬は、コートをふわっとはおれば、たちまちはなやいだ気分。この気持ちは、ワンピースを着る時とおんなじ。自転車に乗る時には、足さばきの良いピーコートやハーフコートで出かけるけれど、特別な気分を楽しみたい時には、だんぜんロングコート。

冬のロングコートが大好き。

あんまり丈が長いと、ちびのわたしには、とっても歩きづらく、裾を踏んで転びそうになる。階段なんかは、膝の辺りをつまんでお辞儀するお姫さまみたいになってしまう。

でも、着る。あの、ひらりとはおる時の嬉しさといったら、ないもの。

あの幸福は、なんでしょうか。

20歳の時に、母に作ってもらったコートの苦い思い出から、ロングコートには、特別な憧れがあるわたし。90年代に入って、服はだんだんコンパクトになり、大きなシルエットの時代が終わり、お店にも、わたしでも着られそうなサイズ感のコートが並ぶようになった。だけど、今度は、普通サイズで着たいのに、大きめシルエットになってしまうのが悩みで、いつまでたってもサイズ問題は解決できず、ロングコートは憧れのまま。

わたしは、結婚してすぐの頃に母に仕立ててもらった青いワンピースの形が大好きだったので、思いきって母にお願いしてみた。あの残念コートから、8年ぶりのリベンジ。

「前に作ってもらったあのワンピース、すごく気に入ってるんやけど、おんなじ型紙でコートって作れるかなあ?」

「うーん。型紙の前を開かなあかんけど、できるで。縫うたろか」

母の「縫うたろか」が、出た。母はこの頃、型紙をひいて、縫い子さんに縫製を頼み、オーダーメイドの服をつくっていた。実家は前にも増して布だらけ。選び放題。わたしは、家に帰った時に布を選んで、ワンピースをアレンジしたコートの仮縫いをしてもらった。

思いきって赤。深いトマト色のフラノ生地があって一目惚れ。ワンピースみたいなコートがよかったので、母に「軽くて、さっとはおれるようなコートがいい」と伝えた。裏地はつけてもらったけれど、肩にパッドも何も入れず(当時はたいてい大きな肩パッドが入っていた)、えりは青いワンピースと同じ、ふちをかがっただけの一枚仕立て。

「コートやのに、ほんまにパッド入れんで、ええの？」

きちんとしたコートが縫いたい母と、「こういうのがほしかってんもん」と、ゴリ押しのがんこむすめ。今回は注意深く仮縫いしてもらい、自分で見つけた黒いコマみたいな形のアンティークのボタンをつけてもらった。

ついに、母に作ってもらった、リベンジのロングコートが完成。

赤いワンピースみたいなコート。軽くて、ふわりとはおれる理想のコート。

「肩幅ほっそいなあ」

母は、パッドなしコートを着たわたしを見て笑っていたが、「似合うわ」と満足そう。

わたしもとっても嬉しかった。中に何を着ていても、さっとはおると、赤いワンピースだ。

コンサートに行く時や、クリスマス、着るたび、冬のワンピースみたいで心が歌うように浮き立った。違う色も縫ってもらおう、またいつでも縫ってもらえる、と思いながら時がたって、思えば、母にコートを縫ってもらったのは、これが最後だったな、と思う。

「どこの？」と、よくたずねられた。

母が作ってくれた、と言うのが、嬉しかった。

世界のどこにも売っていないコートだったから。

コマのような形の
ボタンをつけました。

森の矢川さん

夏の黒姫（くろひめ）は、そこらじゅう、みどり。

あちこち薄くけむるようなみどりの景色で、道を歩くと、草のいいにおいがした。

長野にある黒姫の駅は、日本風のちいさい駅なのに、矢川さんの家に行くと、外国みたい——車で林を抜けて、ひんやりとした吹きぬけの玄関に入ったら、すうっと、空気が透明に変わるような、そんなお家だった。

みどりでいっぱいの黒姫に、詩人の矢川澄子（やがわすみこ）さんがひとりで住んでいた頃、夫と一緒に何度か遊びに行かせてもらった。つながりは、当時、「たま」というバンドの知久寿焼（ちくとしあき）さんとわたしの夫が虫とり友だちで、知久さんと矢川さんがお友だちだったことから。夫が虫とりに黒姫に誘われた時、わたしもついていったのだ。

春に、夏に、冬にも遊びに行った。近所に大好きな絵本作家の柳生弦一郎（やぎゅうげんいちろう）さん、まち子さん夫妻も住んでいて、矢川さんちに行くと、柳生さんのお家にもおじゃまさせてもらえるのも、とっても楽しみだった。

矢川さんのお家に初めて行った時、家の近くで見つかる食べられる植物を、次々揚げて天ぷらにしてくれた。「これはなんですか」ときくと「葡萄の葉っぱよ」と、さらっと答え、楽しいなぞなぞみたい。「どうかしら」なんて言う声がとてもかわいくて、どきどきした。わたしは、「かしら?」なんていうきれいな日本語を使う大人に初めて会った。森の家、夕暮れの黄色い灯りの中で話す声があたたかくて、おとぎ話の中にいるみたい。

朝起きると、矢川さんは、かごにパンとチーズと飲み物を入れ、近くの小川に連れて行ってくれて、みんなで朝ごはんを食べた。鳥の羽根のついた帽子をかぶって道を歩く矢川さんは、小柄で、体重がない人みたいに軽やか。ひらりひらりと歩く、ちいさい背中。

ニリンソウが咲いていていて、矢川さんは「庭にまこうと思って」と種を集めていた。黒姫にも春が来ていて、矢川さんと一緒にすみれの花を摘んで帰ったら、「すみれの花って食べられるのよ」と、お昼に愛らしいすみれの花のちらし寿司を作ってくれた。すみれを摘んでいる時、わたしの着ているカーディガンを「かわいいわね、それどこの?」と尋ね、ずいぶん年上なのに、女の子どうしで話しているような気持ちになって、うれしかった。

冬の——白い白い黒姫にも行った。まっしろな雪に埋もれたお家に、ストーブの火。その頃、矢川さんは、短い髪をみどり色に染めていて、ますますおとぎ話の人みたいだった。

素敵なプリントのサルエルパンツをはいていたので、「それかわいいですね」と言うと、ウエストをビヨンと伸ばして「ここにゴム入れてね。風呂敷みたいな布を2枚縫い合わせただけでできちゃうのよ」と、無邪気に上着をめくって、その作り方の元になった絵本を見せてくれた。危うくおなかが見えそうになり、わわわ、とわたしたちの方が焦った。

雪が珍しいので、大きな雪だるまや雪の犬を作ってはしゃいで遊ぶわたしたちのことを、柳生さんが「子どもみたいだねえ」と言うと、矢川さんは「みんな、子どもよー」と、楽しそうに笑ってくれた。矢川さんの家に訪れる人は、誰でもこんなふうに、家族か親戚の人みたいに親しくされて、居心地が良く、矢川さんのことが好きになるのだ。

雪がやんだ夜、矢川さんは、「花火をしましょうよ」と言って、わたしたちを誘った。庭の木に渡した紐（ひも）に花火を吊るして、次々火をつけ、雪の中の花火をした。雪なので火は消さなくていいから、どんどん火をつけた。庭は瞬く間に白い明るい場所になり、パチパチ閃（ひらめ）く花火の音。火が消えるとしいん、となった。「きれいねえ」とはしゃぐ矢川さんも、子どもみたいだった。心細げで、かしこい少女のようだった矢川さん。住む人がいなくなった矢川さんの家は、20年がたち、いよいよ取り壊されるらしい。

黒姫の家は、子どもばかりが集まる、大人の家だったなあと思う。

森のひと。
鳥の羽根がついた
すてきなストローハット。

タイツ　タイツ　タイツ

冬が来ると、ほとんど毎日、物干し竿に、ひらひらとタイツが泳ぐ。

ちいさい頃、タイツをはくと、股のところが体にぴたっとこないのが嫌だった。冬のお出かけの時に、親にタイツをはかされるのだけど、ぎゅうっと上まで引き上げても、足の間がアーチ状にまるくなる。半分脱げかけてるみたいで気持ち悪く、その上ちくちく。ぜんぶ脱ぎたくなった。タイツが大きかったのだろうか。ひざの所にもしわが寄った。

タイツだけは、はきたくない、タイツは大嫌い。大人になってもはくまい。はかずに一生を終えよう、と思っていたはずなのに――今や冬が来ると、まず、朝一番にはくのはタイツ。タイツが大好き。

タイツを避けていたわたしが、タイツに開眼したきっかけは、20代の頃、友達と歩いていた時に見つけた、ぶあついブラックタイツ。服屋の店先のワゴンに冬のセールの残りが積んであって、その山の中から友人が見つけた。アンゴラ入りの、やわらかそうな畝（うね）のバルキータイツ。

「見て、このタイツ、セーターみたい。めっちゃ、ぬくそう！」

タイツといってもけっこうな値段だったからか最後まで売れ残っていたようで、７割引。

「わ！　買う？」

「買お、買お！」

うれしくなって、ふたりで一緒に買った。すごーく寒い日におろそう、と思って引き出しにしまうと、それだけで、引き出しの高さいっぱいになるほど、ふんわり。

雪が降った日に、はいてみた。

軽くて、ちくちくもしない。やわらかくてお腹まですっぽりつつまれる安心感、はいたとたんに指先まであたたかくなった。うすい毛布みたい。目からうろこのタイツ体験。でも――こんなタイツに慣れたら堕落してしまいそう。大丈夫かなあ――変にどきどきしつつ、わたしは、そのぶあついタイツに、ツイードのタックスカートを重ねてはいた。攻めの雪スカートだ。さらにゴムブーツ。傘をさして、雪の散歩にでかけることにした。

しずかに舞う、花びらみたいに大きな雪。白い息。うすく積もった雪を踏んで歩く。

すごい。スカートに、つめたい風が吹き込んでもぜんぜん寒くない。足があったかいと、胸のあたりまで体がぬくもってくる。無敵のあたたかさ！　スカートで歩けるしあわせ！

しばらくして、友達から電話がかかってきた。

「ゆうこちゃん、あのタイツ、はいた？」

「すごくない？」

「すごい！」

ふたりでもう一度買いに行った。最強のタイツを手に入れて、それ以来わたしは、色々なタイツを試すようになった。好きなのは、やわらかくのびて、ちくちくしない。それから、はいた時にひんやりしないもの。足首があたたかく感じるもの。毛玉ができにくいもの。

最近のタイツは立体的になっていて、ぴったりはける——というのもあるけれど、なんといってもタイツの魅力は、冬でもスカートやワンピースが着られる、というところ。だって、冬でも、愛らしいひらひらとした軽い生地のスカートがはきたくなる時があるもの。

タイツのおかげで、夏より冬の方がスカート率が高くなるわたし。

寒くなると、まずタイツを出す。いくら温かい素材でも、ソックスではダメ。タイツをはくと、ぎゅっと包まれて安心する。この「大丈夫感」は、なんだろう。まるで、ちいさい頃に手放せなかった毛布のよう。ちょっとしたタイツ依存症だ。タイツをさわっているだけで、しあわせ——ああ、こういうのが、あの時感じた堕落なのかも。

またのところが
きもちわるくて
きらいだった。

今はだいすき。

ライムイエローの裏地

からだをこわして入院することになった。手術までするこことになってしまった。

からだのことは、いつだって、急にやってくる。だから、そのことには、あんまり驚かなかったけれど、手術は、すこし、おっかない。

電車を乗りついで病院に通う道、空がひろびろと青かった。慣れない場所を歩いていると、さっきまでの自分の日常と切りはなされて、時間が止まってしまったみたい。ぽつんと、どこかに迷い込んだような気持ちになりながら、ひとり、ふわふわと歩いた。

診察室で、ＭＲＩの画像を見ながら、「自分のからだには骨があって内臓がある」という動かしようのない自分にしんとなった。病院にいると、自分が、ただ、からだだけの生き物のような気がしてしまう。ＭＲＩの画像に、いのちや心は映らない。

「入院する時に、なに着て行こうかなあ」

夜眠る前に、ふと、そんなのんきなことを考えた。

そしたら、ちょっと楽しい気持ちになった。そういえば、退院する時は、着てきた服だ。

はればれした気持ちで着て帰りたいなあ。手術はおっかないけど、なに着て退院しようかな。うまくいけば11月になるな。少し寒くなってるかな。

わたしは、薄手のウールのワンピースにした。

明るいネイビーに細いボーダーラインの織りで、ウエストに共布の細いベルトがついているワンピース。秋のはじまりに買った、日本人の小さなブランドのもの。縫製が丁寧で、しかも小さめな服が多かったので、その頃とても好きだった。

それにしても、このワンピースのいいところは裏地。裏地がライムイエローなのが、こっそりとかわいかった。その裏地は、表生地に合わせて、ひそかにボーダーの地模様が入って、しゅるんとした生地。薄っぺらくなくて肌触りが気持ちいい。裏地がきれい！　と思うだけで、心にぐっと喜びが増す。

内側が明るい色って、いいなあ。

わたしは、ライムイエローの裏地をお守りがわりに、小さいブローチを胸にとめ、いざ入院。わたしの服など、だあれも見ていないけど、いいの。これで大丈夫。

ライムイエローの裏地。

そんな根拠のない安心感に守られて、無事に、手術は終わった。

二週間ほどの入院だったけれど、毎日なにかと忙しくて、退院の時、ものすごく長く病院にいたような気がした。痛いとか、眠いとか、麻酔とか、点滴とか——からだのことばっかりを、ずうっと考えているような毎日で、家にいた時の記憶が、なんだか遠い。

さあ、退院！ 明日から、家に帰って生活が始まるけど……ええっと、生活って、どんなんだっけ。どこか、現実ばなれした、ぽかんとした気持ちになっていた。

手術の傷あとも歩くたびにまだ痛かったので、嬉しいけど、ちょっと不安になった。

ベッドの中で、「明日かあ」と、つぶやいて、思い出した。

——そうや、あのワンピース。

そういえば、わたし、あれを着て帰るんやった。

ワンピースが、わたしを待っているような気がして、心がきらりとした。

次の日、ライムイエローの裏地に、しゅるんと袖を通すと、すこし、ひんやり。

この生地、やっぱりいいなあ。

セミフレアの裾がさらっとゆれて、背中のファスナーを上げると、気持ちがしゃきっとなった。その気持ちが、グラデーションで移動して、病院を出て、家へと続き——。

鮮やかな現実に帰る準備を、あの時のワンピースが手伝ってくれたと思う。

なにが、どうっちゅうことない

「今な、駅におるんや――」

ずいぶん前の春のこと。突然、父から電話がかかってきた。聞き慣れた声。実家は大阪で、わたしは東京の国分寺に暮らしていた。

「蕎麦、食いに行ったろ、思てな。新幹線、乗ってきた」

おどろいて、自転車で駅まで迎えに行った。

もともと気ままでせっかち、ひとりでふらりと行動する父だった。食べることが好きで、東京に来ると必ず行く、気に入った蕎麦屋があった。だからって。平日の昼、突然、わざわざ新幹線で？　何かあったんやろか。

心配して駅に行ったら、近所に住んでる人みたいに「おう」と笑って立っていた。夫に連絡したら、早めに帰ってきてくれたので、３人でお蕎麦を食べに行った。

「なにが、どうっちゅうことない」

蕎麦屋で、話の途中、父は大きい声で何回も言った。その頃の父の口癖だった。声が大きいのはいつものことで、普通の会話でも、遠くで聞いていた人に「ケンカでもしてるのかと思った」とよく笑われていた。

人と話すのが好きな父だが、話は下手くそだった。だからか、仕事がうまくいかない時も「なにが、どうっちゅうことない」。友人が亡くなった時にも「なにが、どうっちゅうことない」。誰かに迷惑かけてしまった時も、かけられた時も——。

「なにが、どうっちゅうことない」

なんというか、関西弁でいうところの、「なにも、たいした問題はない。無事に生きてるんやから問題はなし」というような感じなのだけど、「それ以上言うな」と制してるように聞こえたり、〈何でもかんでも、その言葉で話を終わらせんといて〉と突っ込みたい時もあった。

きげんよく話している最中だった。その日も、いつもの調子やなあ、と聞いていたら、

「なにが、どうっちゅうことない」

と言ったそのあと、一瞬、父が涙ぐんだ。

そしてもう一度、「なにが、どうっちゅうことない」とかき消すように言い、煙に巻いた。

わたしは、はっとした。でも、なんのことか、聞けなかった。

その数ヶ月後、父はがんが見つかり、あっという間、ひと月で亡くなった。

死ぬことですら、「なにが、どうっちゅうことない」と天国から言ってる気がしたほど、あっけなかった。あの時、父は病気のことなど知らなかった。

だから、あの涙は何だったのか。なにかあったのか。今もわからない。

だけど、わたしは聞かなくて良かったと思う。すべてはたいした問題ではなく、あの日、父はわたしに会いたかったのだ。それで、ぜんぶだ。


——なにが、どうっちゅうことない。

父がいなくなってから、こだまのようにこの言葉が聞こえる時がある。たとえば、今いる場所に立ちすくむような時、耳慣れた声で聞こえる。

父の、どこか身勝手に感じていたはずのこの言葉が、不思議なことに、今は自分をささえる、おまじないのようになっている。

5章

あかちゃんとカシミヤ

あかちゃんを着ていたころ

ある日、おなかにあかちゃんを授かった。

そのとたん、ねむくてねむくて、一日中眠り続けるようになった。

変わっていくからだと感覚におどろく毎日。

ふくらんだおなかを抱いて、ねむる、ねむる、ねむる——。

まるで、わたしぜんたいがたまごの中身になってしまったよう。ゆるゆるとした服ばかり着るようになった。マタニティだから仕方なく、ではなく、着たくなったのだ。

おなかを包むリブのあるズボンとワンピースばかり着ていたら、おなかのあかちゃんといっしょに、からだもこころもゆるんでいく。あの、とけてしまうほど眠りこけている時、自分は、たまごの透明な白身のような気がした。ゆるゆると波うって、黄身のあかちゃんをだっこしているみたいな気持ち。

しずかな昼さがり。ひたすらゆるんで、とけていく。締めつける服は着たくない。もうなんでも、どうでもいい。どこまでも、とろんとろんと、とけていきたい——。

ワンピースでねむる、あかるい昼間。目がさめると、小さなレギンスや、ブランケットを縫い、よだれかけに刺繍をしたりして、あかちゃんに会える日を待った。

けれど、あかちゃんがうまれると、一転。

ゆるゆるとしたワンピースは着られなくなった。上下が分かれた服しか着られない。日がないちにち、上着をまくりあげておちちをあげることに明け暮れ、ワンピースもしずかな昼さがりも遠くに消え、いつもからだに触れているのは、やわらかいあかちゃん。

しめっていて、あったかいあかちゃんと、ぴったりくっつきあってだっこしあうと、肌が満たされる。なんだかわからないけど、触りたくなって、触ってばかり。よだれまみれで、いつもおなかの上に体温。ひざの上に体温。体温、体温。

まるで、あかちゃんがわたしの服のよう。

わたしは、服よりも、あかちゃんの肌ざわりを楽しんだ。

家と近所とおふとんだけのちいさな世界で過ごしているのに、あかちゃんとの暮らしは、知らないことばかりで、毎日がいそがしい。笑ったり、心配したり、おどろいたり、ものすごく大変なのに、そこらじゅうが、スローモーションのように色濃く手ざわりのある世界になった。あかちゃんとわたしは、まだ仲良くなっている途中。あかちゃんとは、視線の糸で繋がっているみたいに、いつも目があった。あかちゃんは、いつもわたしを見てくれて、いつも、生き物のいいにおいがした。

出かけるときは、スリングというカンガルーのポケットみたいな抱っこの袋をぶらさげて歩いた。袋の中に、すぽっと小さいあかちゃんをすべりこませると、袋の奥で、ちんまりとこっちを見ている黒い目。からだにぴったりとくっついている袋。ゆらゆらゆれながら暮らすのが日常となった。

母が色違いのスリングを縫ってくれたので、服に合わせて色を変えるのが、ちょっとしたお楽しみ。何にでも合う、黒とカーキ、明るいベージュ。黒いスリングの時は、黒い靴を合わせたり。ほんとうにあかちゃんがわたしの洋服みたい。泣きやまず、スリングをぶらさげ、途方に暮れて、一緒に夕暮れを見たりした。首がすわると、丸いオムツのお尻が袋の中でおすわりして、あったかいあたまが、わたしのあごの下でくるくるうごいた。

話しかけると、わたしの声を聞いているあかちゃん。

眠ると、その顔にじっと見とれて、ゆらゆらゆれる視線の糸。

すうすう眠るあかちゃんを身にまとって歩いていたころ。

自由に服は着られないけれど、わたしは、あかちゃんを着ていたんだなあと思う。

カシミヤのブランケット

「それ、カシミヤやから、ぬくいで。着るんやったら、やろか」

はじめてのカシミヤのセーターは、父のおさがりだった。

大学の頃、父の引き出しの奥に眠っていた昔のセーターを見つけて、ゆずってもらった。オフホワイトのタートルネックセーター。細かった頃の父のセーターは、その時のわたしにちょうど良いゆとりで、着てみると、夢のようにやわらかくて、びっくり。ふわっと父の匂いがした。

初体験のカシミヤだった。首がちくちくしない。肉厚だけど、軽くてあったかい。こんなニットが世の中にあるとは！　ミルクのような白が肌うつりが良くて、ついつい手がのびて着てしまう。思いがけず大好きなセーターになった。

古着だったので、普段に心おきなく着た。結婚してからもまだ着て、いつのまにかシミがつき、シルエットが変わって着なくなってしまったけれど、大好きだったから、衣装ケースの奥に折り畳まれたまま、処分できずにいた。そのうちに、父は亡くなり、考えてみると、父のものでわたしが持っているのは、そのカシミヤのセーターひとつだけになった。

父がいなくなってしばらくして、おなかに赤ちゃんを授かった。

母はとても喜んで、「そっち行こか？　なんか縫うたろか？」と、何度も電話をくれたので、一緒にあかちゃんのものを縫うのを手伝ってもらうことにした。「ちっさあ」「かわいいー」と感嘆しながら、よだれかけや母子手帳ケース、おむつ入れなど、いろいろつくったあと、

「あかちゃん用の毛布か、ブランケットがほしいねんなあ」

とわたしが言うと、母が「古いセーターとか縫い合わせたらできるで、縫おか」。

母のテンションが上がった。その時、わたしは父のセーターのことを思い出したのだ。

父はわたしのあかちゃんを見る前に、あの世に行ったなあ、と思っていたので、

「——これでつくられへんかな？」

父の古いセーターをひっぱりだしてきて、母に見せた。

「おとうさんの？」。母は、さわりながら、「ええカシミヤやん、あんた、物持ちええなあ」と懐かしそうに笑った。「でも、一着やったら足らんなあ——」と母。同じくオフホワイトの、わたしのリブセーターも追加して、つぎ合わせて作ることになった。

じょきんと、カシミヤにハサミ。あのセーターがついになくなる——。どきどきした。

ながしかく、ましかく、首のリブ、切ってパッチワークみたいに床に並べたら、微妙に違う白の影が、すごくかわいい。ああでもない、こうでもない、とパズルのように並べて縫い合わせた。裏には買ってきたオフホワイトのウールジャージを縫いあわせ、最後に、だだだっと端ミシン。こうして、セーターから「あかちゃんブランケット」が完成。

「かわいいのんできた！」

わたしが喜んでからだに巻きつけていると、母は余った袖2本を床に並べてじっと見て、

「袖でズボンも縫おっか」

と言った。袖口のリブを使ったら、あかちゃんのレギンスができそうなのだ。母は直断（じかだ）ちで、お尻のラインを切り揃え、2本の袖をさっと縫い合わせ、ウエストにゴムを入れた。あっという間にちいさなレギンスパンツも完成。やわらかい雲みたいな白。父のセーターが、ブランケットと小さなあかちゃんパンツに変身した。

「カシミヤのレギンスなんて、すごい贅沢やん」

母は、ちいさいレギンスを、たらんと両手で持ちあげ、うれしそうに笑った。

それにしても、引き出しの奥にあった父のセーターが、ここまで生き残るとは。

生まれてくるあかちゃんを、父も知っていて、守ってくれるような気がした。

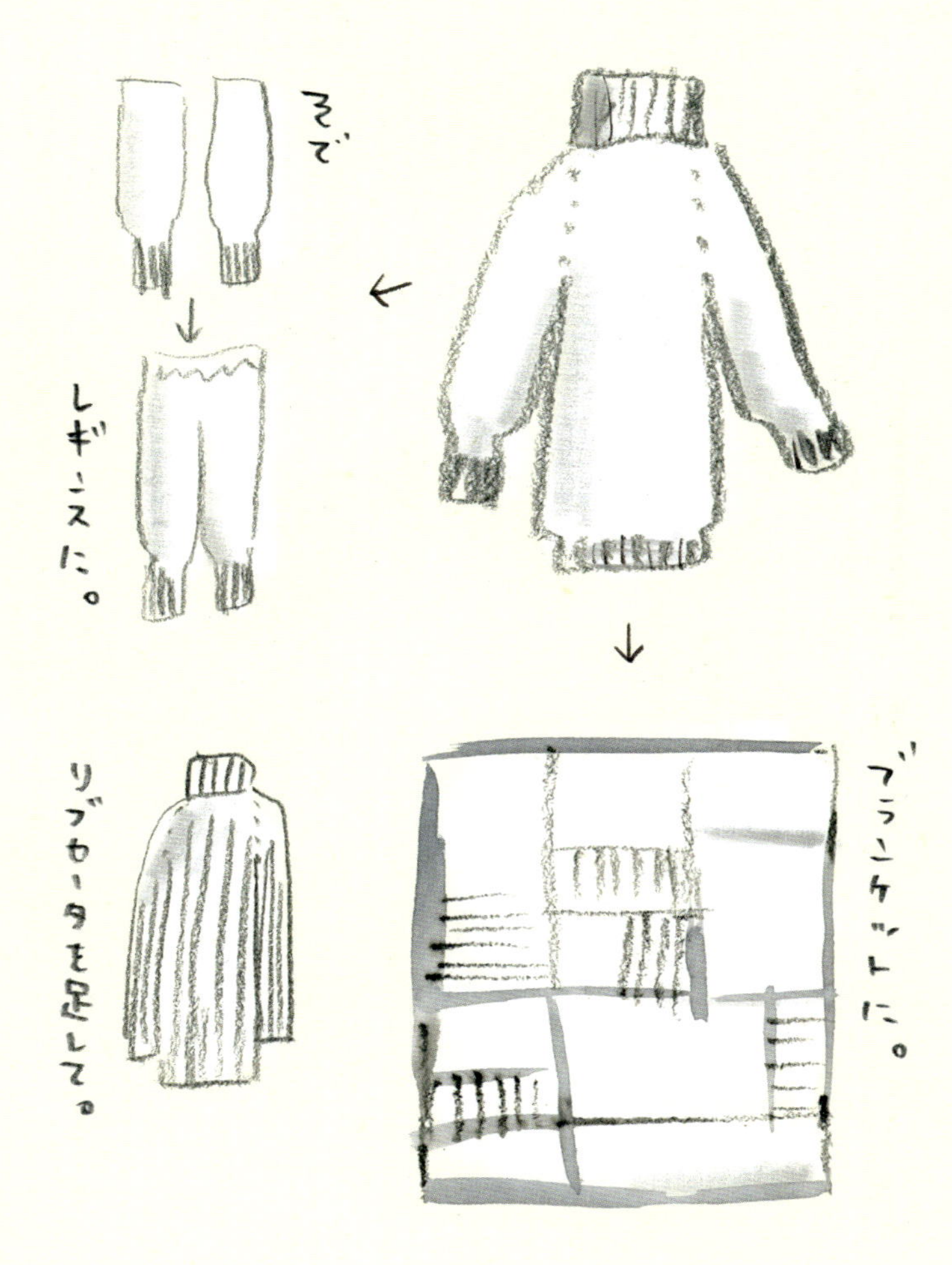

そで
レギンスに。
ブランケットに。
リブセーターを足して。

スカートのおかあさん

あかちゃんが歩き始めると、わたしは、ようやく服を着る人にもどった。ちいさい子を追いかけたり、公園で芝生の上に座ったりすることが増えて、わたしはズボンばかりはくようになった。家より外にいる方が楽なので、過ごす場所は公園率が高くなり、足もとは、まるっこいゴム製のガーデンシューズばっかりはいていた。目をつむっても、すぽすぽと、足を突っ込めば出かけられ、両手がふさがっていても、さっと脱ぐことができる。子どもと一緒に水たまりをふんで、泥遊びをしても平気なガーデンシューズはとっても便利だった。

便利で、洗濯が楽で、危なくなくて、すぐに走れる服や靴——。ちいさい子を育てていると、選択肢がどんどん限られてくる。この頃になると、いつのまにかワンピースだけではなくて、スカートも遠く遠くなっていた。そうして、子どもをぎゅうぎゅうだっこしたり、砂袋みたいにかかえたり、笑ったり泣いたり怒ったりしているうち、ワンピースもスカートもどんどんクローゼットの隅に追いやられて、ある時わたしは、ついに着たいワンピースもスカートも思いつかなくなってしまっていた。

「うーん、スカートって、わたし、何と合わせるのが好きやったっけ？」

ある時、久しぶりにスカートをはいてみようとして、クローゼットの前で、しゃがみこんだまま、しばらく考えこんでしまった。けど、思い出せない。鏡の前で試しに合わせてみたけれど、あらら、なにか、足りないような。わからないけど、変な感じ。スカートに気持ちが追いつかなくて。自分のことがわからなくなってしまったようで、心細くなった。どうしよう。

便利で、洗濯が楽で、危なくなくて、すぐに走れる服や靴――。

「おかあさん、おかあさん」と呼ぶ声に、考える時間もあまりなくて、まあ、いいか、しばらくはスカートなんて無理か、と日常に戻った。そして、一度、スカートはみんな処分してしまおうか、などと思ったりもしていた、そんな頃――。

いつも行く公園で、ギャザースカート姿のお母さんに出会った。

目がくぎ付けになった。えー、かわいい！　すごく、めずらしい光景。

その人はたっぷりとしたスカートをはいて、3歳ぐらいの女の子を追いかけていた。スカートの下にはレギンス。その人らしく力の抜けたスカートスタイルでいいなあ、と目で追ってしまった。そして、なにか、すうっと風が吹き抜けたような気持ちになった。

そうか、おかあさんも、スカートをはいていいんだ——。

もちろん、着るものなんて自由なんだけれど、その頃のわたしは、いつのまにか、「子どもがいると、動きやすいズボンしか無理」と思い込んで、スカートをはくのが怖くなっていたのだ。実用的ではないもののすてきさを、忘れそうになっていた。

便利でないものの、たのしさや、うれしさ。

その人は、公園で会うたびに、その人らしいスカートスタイルで、親子でかわいらしく、のびのびと好きな服を着ていた。ただ、それだけなんだけど、わたしは、その人を見かけるたび、自由でうれしい気持ちになった。その人の服が、「その人らしい、おかあさんをやればいいよ」と言ってくれてるみたいで。思えば、「大草原の小さな家」に出てくる母さんは、スカート姿で、たくましかったな。農作業も子育ても、スカートでちゃんとクリアしてた！　などと思い出したりして。

ワンピースやスカートはやっぱりいいな。ふわりとゆれて、かろやかで。〈便利〉より〈かわいい〉を優先したくなる気持ちって、楽しい。また少しずつはきたいなあ。

足りなかったのは、はきたいなあ、と思う自分。スカートは、やっぱり愛しい。

いつも通り、という
ふんいきが すてきだった。

ハネジネズミとションブルグジカ

息子が小学校にあがるまでの頃、無地の子ども用Tシャツを買っては、絵を描いた。シルク印刷用の絵の具で描いて、アイロンで熱を入れると、できあがり。好きなTシャツを探すより、描いた方が早いし、楽しいと思ったのだ。

はじめにつくったのは、シマウマのTシャツ。だけど、布に絵を描くのって案外むずかしかった。筆で普通に描くと、しわがよって、水分が布に吸い込まれ、線がカサカサ途切れ、思うように描けない。ボール紙で動物型を切り抜いて生地をピンと張り、ステンシルのように絵の具でぺたぺた下地を塗ってから、縞（しま）や目を描いたら良い感じ！ うれしくなった。「次はどの動物がいい？」と図鑑を広げて息子に相談すると、息子は、もぐりこむようにわたしのひざの上によじのぼり、「これにする」とゆびさした。

「ハ、ネ、ジ、ネ、ズ、ミ……？」

聞いたことないけど、えー、かわいい。アフリカの生き物らしい。はじめて知った。見ると、とがった鼻と、ウサギみたいな耳の、ちいさい生き物。「これ、ハネジネズミやって」とわたしが言うと、息子は「ハネジネズミ」となぞるようにくりかえして、図鑑をじっと見つめた。知ってる方は少ないと思うが、昔のアニメ「トンデモネズミ大活躍」のネズミに似ている。じゃ、これにしよっか、と言うと、「そうする！」と、つむじが揺れた。

赤茶色だったので、オレンジ色で描くことにした。横から息子も「やるー」と言ったので、園に持っていく手さげカバンに何か描いてもらうことにした。ちいさな指で筆をにぎり、椅子の上にひざ立ち。息子が描いたのは、その頃夢中だった、「絶滅動物」の中の「ションブルクジカ」。無駄にゴージャスなツノの鹿だ。けったいな生き物たちが生きていた太古の地球。マンモスぐらいしか知らなかったが、息子のおかげで知った絶滅動物たち。

息子は、黒一色で、ションブルグジカをざぶざぶ描いた。うらやましいぐらい潔い、布いっぱいの線。子どもって、すごいなあ。と、ひかるような一瞬に目をみはる。

園に着ていくと、息子は、先生たちに、「これ、なんの動物？」ときかれていた。「ハネジネズミ」とか「ションブルグジカ」と答えても、メジャーではないので「へえ……そうなの」と会話が発展することはなかった。一緒にいろいろ描いて楽しんだが、息子はできあがったTシャツ自体には執着がなく、自分の絵にも思い入れはなく、たんたんと着て、一年ほどでサイズアウト。こういうのって楽しいのは、親だけなのかもなあ。

そして、Tシャツ作りはわが家でのいっときのブームとして、小学校にあがる頃には、過ぎ去っていった。オレンジのハネジネズミとションブルグジカ——小学校前のことなんて、子どもはほとんど憶（おぼ）えていないから、Tシャツを捨てられないのは親だけで、わたしの中でさえ、すっかり遠い記憶——と、忘れてかけていたある日。

息子が中学三年生の時のこと。「自分で服を選んでおいで」と言ったら、「自分でTシャツを作りたい！」と言い出した。あまり喋らなくなった思春期の息子が、Tシャツを作れるサイトを見つけて、めずらしく話しかけてきた。なんと。今や、インクジェットプリンターで一枚からTシャツを作れる時代なのだった。登録してPCで絵を描いて送ると、お店みたいに自分のTシャツやかばんが作れてしまうという。

息子は脱力するような線画を描き、Tシャツを作った。服にはあまり興味がないようなのに、自作Tシャツにはまり、季節ごとに長袖、半袖、パーカーと作っては毎日着るようになった。そして極端にも、高校を卒業するまで、自作のTシャツしか着なかった。

息子は、ちいさい時にTシャツを作ったことなど、いっさい憶えていない。

遠い記憶が、どこかに残っているのかなあ。そんな気もするけれど、ただ、服を探すのがめんどうなだけだったのかも。なぞである。

すてられない
シリーズ。

カエルの
ながぐつ。

ファースト
シューズ。

シャツの心

「Tシャツってさ、最後どうなるか知ってる?」

夏休み、子どもを連れて、友達の家族と一緒に、海へ旅行に行った時のこと。

みんなでお昼ごはん中、友人のまきさんが言った。

「繊維がね――　崩壊するんだよ」

まきさんのだんなさんのしんくんは、パンを焼いたりお米を作ったりしているので、がっちりした体格。何でもないTシャツとワークパンツがよく似合う。気に入った服はとことん着て、汗っかきも手伝ってか、Tシャツは最後、繊維がバラバラになって、粉のように崩壊するのだそうだ。

わたしたち家族が「えーっ」と驚いて笑うと、

「わたしも最初はビックリしたよ。布って、こんなふうに終わるんだって」

「靴も崩壊するんですよ」

しんくんは、こともなげに言った。「昔はいてた登山靴がね、ある日バラバラになってしまって」と。しんくんのからだからは、特殊な何かが出ているんだろうか。みんなであれこれ仮説を立てて話し合ったけれど、結論は出ず。

「でもさ、ほんと、Tシャツが傷むのが早くてもったいないんだよー」と嘆くまきさんに、「シャツを着たらええんとちがう?」と、夫がシャツをすすめた。

「シャツってええで。襟もあるし、シャツ着てたら、なんとなくもうちゃんと見えるやん」

夫は断然シャツ派。シャツの便利さについて話し始めた。夫は絵を描く仕事なので、服には絵の具がついたり、鉛筆で袖口が真っ黒になったり、毎日とにかく汚れる。Tシャツでも良いのだけれど、洗濯するうちにみすぼらしくなるから、無印のオックス生地の白シャツをコックさんの制服のように毎日着ていた。「楽やで、シャツ。適当でもそれなりに見えるし」。ものぐさな夫がすすめると、しんくんは、ちょっとはずかしそうに言った。

「……でもなあ、おれ、シャツが似合わないんだよなあ」

わたしや夫が「そうかなあ。そんなことないよ」と言うと、

「ほんとに似合わないんだよ。なんでかなあ」

胸をなでながら言うしんくんに、まきさんが、さらっと放った。

「しんくんはね、シャツが、〈心に〉ないんだよ」

へえ！〈心に〉シャツ。

名言！と、思わずわたしは心に刻んでしまった。

もしかして、「似合う、似合わない」の極意なのかも。思えば服は、その服のイメージを自分の心に持っていないと、しっくり着られないものかもしれない。シャツが似合う人は、シャツのいいところを知っている人だ。シャツに愛のある人だ。ふだん帽子をかぶらない人が帽子をかぶると、帽子だけが浮いたようになるのと、おなじかも。

もしかして、夫が、適当な着方でも、なぜかシャツが似合って見えるとしたら、毎日、袖を通しているうち、何も考えずに〈心〉でシャツを着られるようになっているから？

似合う服って、場数と心の問題なのか。

「……そうなんだよなあ」

笑うしんくん。みんなも笑った。

そのあと、子どもたちとみんなで、海に行った。

風をはらんで、子どものも、おとなのも、ひらひらと笑っているようなTシャツたち。

陽に焼けたしんくんは、さらりと着たTシャツが本当によく似合う。

崩壊するまで、とことん着るなんて、Tシャツは喜んでいるに違いない。

エネルギーいっぱいの
こどもは
Tシャツが
よくにあう。
海ではカラフルなTシャツ。

6章

きょうの服、あしたの服

タータンチェックたち

駅までの道。
赤いタータンチェックのマフラーをぐるぐるとまいて歩く。
あごのまわりが、やわやわ、ふくふく。
マフラーをまくと、寒い日のしあわせ感が、ぐっと増す。
マフラーという、親しい友達と歩いているような、安心感――。
マフラーが好きすぎて困る。マフラーは体型が変わっても、服のシルエットが変わって
も、おおらかに対応してくれるので、ついつい増えてしまう。
一生ものの服なんてないけれど、マフラーは、わたしがこの世からいなくなっても、
残っているかもしれない。小さいマフラーや、三角のや、細いの、ベロア、ファーのもの。
中でも大好きなのは、赤いタータンチェック。赤いタータンチェックは、秋から冬の色
だと思っている。それも、十月から十二月に身につけるのが好き。明るい赤色が、クリス
マスまで続く季節のはじまりのような気がして。

タータンチェックという言葉を初めて知ったのは、いつだったっけ？　たしか、少女マンガの中のアイビールックだった気がする。チェックのキルトスカートやシャツ。「かわいいなあ」「よく見る柄だなあ」とは思ったけれど、まだ小学生だったわたしは、チェック柄に呼び名があることも知らず、母の作った胸当てつきのスカートがグリーンのタータンだったことも気づかずに着ていた。当時、ジャケットの裏地とか、ポケットのフラップ部分だけとか、デニムの折り返しなんかにも使われていて、ちょこちょこと部分的に赤いタータンチェックをよく見かけたけれど、特別なときめきはなかった。

わたしが、タータンチェックに心奪われたのは、高校生の時。マフラーだった。

秋のはじまりの頃、タータンチェックのマフラーをまいた、すてきな女の人を街で見かけた。まっ黒いコートに、たっぷりの赤いタータンチェックのマフラー。信号待ちしていたら、ゆっくりと横断歩道を渡って行った。

かわいい――　思わず目で追った。

目を引いたのは、すごーく大きい、幅広のマフラー。それを、ぐるぐると顔が埋まるようにまいていたのが、チャーミングだった。今なら目新しくもないけれど、当時のわたしには、とても新鮮。「どうやってまいてるの？」と、遠くから見つめてしまった。そのひとは、前に垂らして巻くのではなくて、両端を後ろに流して巻いていた。たっぷりのマフラーだけど、前から見るとスッキリ。その頃のマフラーの多くは、薄っぺらく細いものが多く、そんなふうな巻き方の人は見たことがなかった。

「赤いチェックのマフラーって、かわいい！」

わたしは、この瞬間、恋するようにタータンチェックに開眼。80年代はじめ頃。

それ以来、タータンの中でも赤いものは特別。赤だと嬉しさが、ぶわっとふくらむ。

そういえば――

と、夫にも「タータンチェックを知ったのって、いつ？」とたずねてみた。

すると、「それは、もう、ベイシティローラーズやろ」と、即答。

70年代後半に人気があったイギリスのアイドルみたいなポップバンドだ。中学生の時、「サタデー・ナイト」という曲が流行っていた。となりの席の子が下敷きに雑誌の切り抜きを入れて、だれそれが好き、と楽しそうに話していたけど、幼いわたしには遠い人すぎた。ただ、タータンチェックの衣装が、印象的。スコットランドの男の人の正装がキルトスカートというのも、この頃に知って驚いたっけ……と、思いをめぐらしていたら「そういや、ベイシティローラーズの時は、なんも思わんかったけど、そのあと、イギリスのパンクバンドのタータンチェックのパンツにすごく憧れた！」と夫が話しはじめた。

「セックス・ピストルズのジョニー・ロットンやったっけ……」

左右の膝のあたりに同じチェックのベルトが渡っているデザインで、「けったいで、かっこよく見えた」らしい。「どこに売ってるんやろ？　って、おもったわ」と夫。

「えー、膝にベルトが渡ってるって、歩く時どうなるの？」

素朴な質問をしたら、「……歩きにくいやろな」と、苦笑い。

――パンクなのだ。

思えばタータンチェックは、スコットランドの伝統的な柄だからこそ、反体制の象徴として身につけられた歴史を持っていて、パンクな側面もある。民族にとって誇り高いタータンは、独立戦争の時に着用を禁止されたこともあったとか。どの時代も、戦争中は服の自由を奪われる。服は、心が自由であることのバロメーターだ。すこし大げさかもしれないけど、そう思う。

それにしても、生まれて初めてタータンチェックに出会う新鮮さは、情報の多い今の子どもたちも同じなんだろうか。そのひとのタイミングで、このかわいいチェックは何？と、新しく出会うのかな。時代と関係なく、ずっと変わらずに愛されては生まれ変わる、

そんなチェック柄がこの世界に存在するって、おもしろい。世代を超えて、

「ねえねえ、タータンチェックに出会ったのはいつ？」

と、語り合いたいぐらいだ。

タータンチェックは、人によって、プリーツスカートだったり、コートだったり、トラッドだったり、アバンギャルドだったり、イメージはいろいろ。

夫にとってタータンチェックはパンクのイメージ。わたしは、初めてタータンチェックに開眼したのが、マフラーだったから、マフラー。


秋が来るたびに、わたしの中を赤いマフラーの人が、渡っていく。

手に取ると、あの時の新しさが、さっとよみがえり、たっぷり、うずもれるように、タータンチェックを巻きたくなる。

あの見知らぬ人の、すてきさに憧れながら。

赤いソックス、黒の服

色というのは、呼吸していると思う。

すったりはいたり。息をしている。体のどこかに、きれいな色を身につけていると、その色がその場所で呼吸したり、瞬（まばた）きをしているみたい。だから、ほんのちょっとでも色を身につけていると、うれしい。服全体がひとりでに、生き生きとしてくる。色には「色のいのち」があって、それぞれ光を放って生きている気がして。

家で過ごすことが多いわたし。家では、紺やグレイ、白といった、そういう静かな色が多くなるのだけれど、そんな時、つい手がのびるのが、色のソックス。家にいる時は、ソックスにきれいな色を入れるのが好き。最近は、赤とグリーンとレモンイエローをほぼローテーションしてはいている毎日。中でもいちばん好きなのは赤いソックスで、実を言うと、最近のわたしの靴下の八割が赤い色。晴れた日に、赤いソックスが物干し竿に揺れているのがちょっと愛らしくて気に入っている。小鳥が並んでいるみたい。

足もとから、ちらりとのぞく楽しいソックスエリアは、パチパチと瞬きをして、気持ちを上げてくれる。きれいな色が入ると、心がはなやぐ。足もとの小さな色が歌ってくれているようで、こころに与える効果は絶大。ソックスにありがとう、と言いたいくらい。

だからなのか、わたしにとって難しいなあ、と思うのは黒。

素敵な人に、黒が似合う人が多いのは知っているけれど、わたしは、全身が真っ黒のワンピースなんか着たら、どうしよう！　となる。黒は息をひそめる色。大げさだけど、酸素不足のような気持ちになってしまって、「どこかに色、色を入れたい」と落ち着かないのだ。だから、黒を着るときは、きれいな青や赤のマフラーを巻いたり、ちいさなグリーンのスカーフや明るいタイツを合わせて、それで、ようやくひと安心。黒い背景に置かれた「色」の場所から、すうっと息ができるようになって――すったりはいたり。やっといのちが宿るような、そんな気持ち。わたしだけだろうか。

だけど、実を言うと、黒は憧れの色でもあるのだ。

たとえば、黒といっても、柔らかい黒や、ふわふわの黒、艶やかに光る黒、シアーな透ける黒、といろいろあって、素材で印象がまるで違う。わたしにとって黒いブラウスは難しいけれど、柔らかい黒いセーターなら平気――とか、ある。たっぷりふわふわのセーターなんかは、黒くてもやさしい生き物みたいだから仲良しの黒だ。素材の柔らかさに「生き物感」があるから？（あくまでも個人的な見解）こぐまっぽいとか、黒猫っぽいとか、うすい羽根みたいだとか。あとは強くアバンギャルドなデザインの服なら、黒の沈黙かげんがちょうどいいバランス、と思う。でもどっちみち、わたしにとって全身黒のハードルは高い。

たまに、黒をはなやかに着ている人を見かけて、はっとする。あの素敵さは、なんだろうか。黒がとても派手な色に見える。黙っていても光を放つような、その人の内面のカラフルさなんだろうか。黒を色鮮やかに着るのは、その人次第なのかもしれないなあ。

そんな人に会うと、その人自身が「色」なのかもしれない、と思う。黒い服はその人の背景色になり、その人の色を大きくひきたてる。しかも、大切な「本心」は、黙ってしっかり守ってくれているような——黒という色。

黒はとくべつで、いつまでたっても、憧れの色。

好きな服を着て暮らしたい

「あ、からだが、かわった」

40代のある日、からだのかたちを拾うニットが、良い感じに着られなくて、気がついた。

この気持ちは——あれだ。中学の頃を思い出した。小学生時代のストンとした服が着られなくなった時の、さびしい気持ち。まるくなってきた、からだのでこぼこ。〈幼いわたし〉が遠くに消えていくような、あの気持ち。

ああ、もう一度、あの思春期が来た——そんなふうに思った。

友達に話したら、笑って言った。

「わかる、わたしもさ、あれっ？　ニットが縮んだ？　とか思ったもん。ちがうよねえ」

腕のかたち、背中のかたち、あたりまえだけど、すこしずつ死ぬまでからだは変化し続けるんだった。そして、このぐらいの年齢になると、元気そうに見える人でも、いろいろとあるのがふつう。痛いとこがあったり、筋肉が落ちたり、こころが弱くなったり。だけど、大好きだった服が似合わなくなるのは、かなしい。

わたしは、ノートを作って、自分の好きな着丈やバランスのイラストを描いてみることにした。絵の具でちょんちょん、と、色もつけてみたら——なんか、たのしい。よく着る色や服のかたちは？　ストレスがかかって嫌なことは？　などなど、絵にしてメモしてみたら、〈着るのが嫌な服〉がよくわかった。まずは重い服が嫌。フードがついているだけでも肩がこる。そうか、服を着てしゃんと立つには、筋肉と背骨がいるんだ。その上、肌も敏感。そして、わたしの場合は、好きな〈色〉を身につけるとうれしい、ということもわかった。好きなこと嫌なこと、いろいろ発見。

ともかく、今の自分には、〈軽い〉〈柔らかい〉〈寒くない〉が大事。そしてデザインよりシルエットとバランス。どれも、よく聞く話だけど、その時になってみないと、身をもってわからないもんだなあと思う。そういえば、母が50代の頃に、オーダーメイドの服を作るようになった時、「着たい服がない！」と困っている同世代の人の服をよく頼まれていた。顔色が明るく見える色、おなかやせなかにゆとりを持たせながら、からだのシルエットがきれいに見えるデザインを工夫していたっけ。

だけど、最近は、服の年齢や性別の価値観があいまいになっていて、体型に左右されない服もいっぱい。探すのも楽しい。世の中と一緒に服も進化して、東洋も西洋も混ざりあっている着物みたいなシルエットとか、世代も男女も関係ない服が増えて、とっても大らか。息子の友だちは、男の子だけど、さらっとスカートをはいてうちに遊びに来たりして、ミックスするのがとっても上手で似合ってる。あふれる情報は、選んでかみくだいて、コラージュ。服たちも「好きに着ていいですよ」と、言っているみたい。


わたしは、身ごろが四角くて、裾がゆったりと落ちる、やわらかいニットを買った。今まで着たことのないシルエットで、動くとひらり、ゆれてうれしくなった。

こんなふうに、心躍るきもちがよみがえれば、とりあえずは、だいじょうぶ。わたしは、似合わなくなった服を少しずつ手放していった。最近は、物を処分することがもてはやされるけれど、わたしの場合、勢いでうっかり捨てすぎて後悔したことがある。きっと、手放し方もいろいろ。持ちすぎるのはしんどいけれど、なんでもかんでも捨てなくてもいっか、と、ちょっと慎重になりながら、今も整理中。

そして、その四角いニットは、おなじような形の色違いも手に入れ、とっかえひっかえ、気がつくと何年着ていることか。すでに、50代も終わりかけ。その間、親のこと、家族や友人のこと、親しい人と別れたり——泣きたいことも、うれしいことも、ばかばかしいこ

軽いミニマフラーが好きになった。
ストンとしたシルエット。
軽い布バッグ。
お化粧代りのめがね。
痛くないイヤーカフとリングはおまもり。
ここが細いのがすき。
スポッとはける靴。

とも、押し寄せるようにあった。そんなとき、ままならない自分を助けてくれたのは、やわらかく肌ざわりの良い服たちだった。おおげさではなく、ほんとうに。

やさしい服は、どんな時も、ただただ、やさしく、味方についてくれる。

心配事で頭がいっぱいで、着るものなんてあとまわし、忙しすぎて、からだやこころが弱っている時に、着なれている大好きな服が、すぐそばで助けてくれた。

ふわ、と袖を通すと、肌から伝わるものが、「だいじょうぶ、だいじょうぶ」と、なんでもない顔をして言う。あかるく包みこんでくれる頼もしさには、泣けてくる。

服はこころにも、からだにも作用する。

日々の——おいしくて、からだにやさしい食事みたい。


このあいだのこと。

ななめ向かいに住む、八十歳のひなたさんが、真っ赤なチュニックブラウスを着て、歩く練習をしてらっしゃった。ひなたさんは、骨折して退院したばかりで、リハビリ中。

「自分の足で、行きたいところに行きたいからね！」

と、毎朝、家の前をゆっくりゆっくり歩いて、通り過ぎていく。その日は、ベランダから見つけて、真っ赤が、あんまりかわいらしかったので、声をかけた。

「素敵なブラウスですね！」

と、わたしが言うと、にっこり笑って、

「わたし、服が好きでね、昔の服たくさんもってるの。今は遠くに出かけられないから、昔の派手な服、もう普段着にしちゃってるの」


赤いオーバーブラウスの長めの裾が、風にひらひら。いいおてんき。

リハビリで大変なはずのひなたさんから、明るさを分けてもらう。

よく見ると、歩きやすそうな新しい靴も、赤い色。

服は、着る人がしあわせなら、いいと思う。

わたしも、好きな服を好きに着て、きげんよく暮らしていきたい。

いやなことをやめる。

わたしの場合。
首のあいた服は
着くずれるからイヤ。

たくましく
みえる
からイヤ。

あいまいな色✕
顔色悪くみえて
イヤ。

足首寒いと
頭痛がする。

トングは
指が痛い

ミュールは
ぬげそう

ぴったりニット

みじかいそでの
Tシャツ

重いコートは肩がこる。

ダッフルすきなのにな。

長い
ひらいたそでは
うっとおしい。

手首は
出したい。

チクチクも
だめ。

マフラーが巻けない。
髪がのっかる。

フードも苦手かも
しれない。

うれしいこと ふやす。

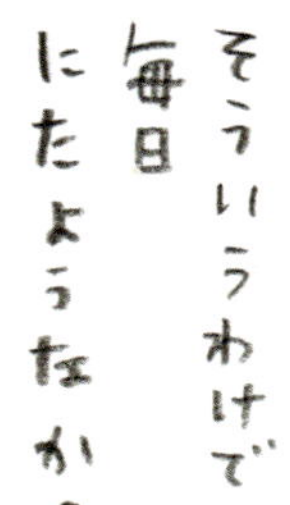

おうち服いろいろ。

そでリブのカットソー

すきなメガネフレーム

すきなエプロン

インナー肌ざわりよいもの。

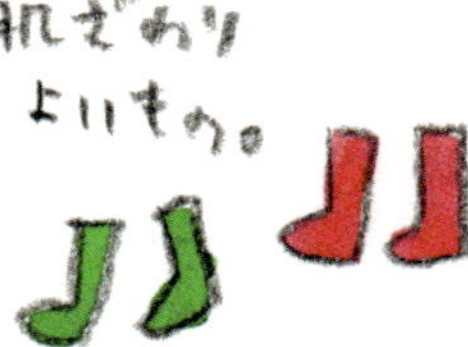

いっちゃんええ着物

ずいぶん前だけど、「カーネーション」という、朝の連続ドラマを、楽しみに見ていた。主人公の糸子は、ファッションデザイナーの小篠綾子さんがモデルで、世界的デザイナーコシノ三姉妹のお母さんだ。戦前、戦時中、戦後と、ずっと服を作り続け、たくましく生きていく主人公の糸子役を、尾野真千子さんが演じていて、痛快でかっこよかった。

そんな糸子も良かったけれど、わたしは、たまに出てくる祖母の貞子さん（十朱幸代さん）も、からっと朗らかで好きだった。

忘れられないシーンがある。戦争のさなか、貞子さんが、大島紬の美しい生地のもんぺをはいて、孫の糸子に会いにきたシーン。

「それ、ええなあ！」と言う糸子に、貞子さんが、

「いっちゃん、ええ着物でつくったってん！」

と、けらけら笑って、嬉しそうに糸子に自慢して見せる場面。

一番好きな上等の大島紬でつくったもんぺ――。ちょっとしたやりとりだったけど、戦

時中の、重くて暗いシーンが続く中、おしゃれする嬉しさが、ぱあっと心に甦って、正気に戻された。胸がスッとした。画一的な国民服や質素なもんぺが、あたりまえに押し付けられる空気の中、おしゃれなもんぺで明るく笑う姿に、はればれとした気持ちになった。

美しい服は、心の自由そのもの。生きる力を注いでくれる。

戦争は、自由を根こそぎ奪う。日々を台無しにする。貞子さんは、いっちゃん、ええ着物（一番良い着物）を、一番だいじな日常のために、素敵なもんぺに縫い変えたのだ。

その直後、貞子さんの家は空襲で焼かれ、糸子たち家族とは二度と会えなくなる。ドラマからは、戦争というものに、つき合わされた人々が、消耗してへとへとになっていくばかばかしさが、手に取るように伝わってきた。

数年前のパンデミックの時、自粛生活で日常や人間の心があとまわしにされている気がした。好きな服を着て出かけ、会いたい人に会って、大きな口を見せ合って笑いあいたい。

――と、自由に言えない空気があった。

そして、「人に会わないと、服を着るのが楽しくなくなって」と言っている人もいて、服はコミュニケーションでもあるんだなあ、と思った。

ひとは、心が縮こまると、服なんてどうでもいい、と思ってしまうけれど、服は、いつも、心が自由でいるかどうかを、いろんなかたちで、そっと教えてくれる。だから、好きな服に袖を通してうれしい時、「ああ、わたしは今、元気なんだ」と思う。

今はどうだろう――。

どんな時代でも、かわいいものやきれいなものを見つけて、日常を楽しみたいけど、世界が美しいと思えないこともある。着ることに疲れてしまうこともある。

貞子さんみたいな軽やかさで、花を愛するように生きていけたらな。

そして、余談。ドラマを見ている時、思い出したこと――。

そういえば、わたし、この糸子のモデルの小篠綾子さんご本人に、お会いしたことが。大学生の頃、友人と四人で神戸の六甲山に遊びに行って、別荘地を気ままに散歩していた時のこと。素敵な打ちっぱなしの家があったので、「この家かっこいいなあ」と、眺めておしゃべりしていたら、中からふくよかで元気な初老の女の人がでてきた。

そして、通りすがりのわたしたちに、にこにこと話しかけてきてくれて、

「中見る? ええから、はいり、はいりー」

と言い、なんと、家の中に招き入れてくれたのだ。

うそ、見ず知らずの学生のわたしたちを、家に入れてくれるなんて……。

びっくりして、「いいのかな」と思いつつも、図々しくあがりこみ、お家のなかを見せてもらった。ひろびろと静かな部屋には、くつろいだ空気が流れていて、シックな色の調度品やエスニックな布、家具。

「ここが、ジュンコの部屋でねえ」

などと、その女の人の説明をいろいろ聞くうちに、ようやく、

「え？　もしかして」

と、気がついて、友人と顔を見合わせた。

「表札の小篠って……　コシノ!?」

小篠綾子さんの別荘だったのだ。

ずいぶん遠い記憶で、すっかり忘れていた。だけど、あの時の笑顔と声が、急に甦ってきて、番組を見るのが、より楽しくなった。

大らかで人懐っこい声。柔らかそうで、着心地の良さそうなワンピース。

ふいに、ぶあつい豊かなものに触れたような――うれしい時間でした。

色のはなし

目を閉じると木がうかんだ。

あれは、どこだったっけ。ざあざあゆれる葉っぱ。

20代。夏で、駅のホームだ。待ち合わせた友だちの赤いスモックブラウス。

金魚の尾ひれみたいなフレンチスリーブから、すっと出た細い腕がかわいくて忘れられない。濃いデニムに赤いブラウス——　赤とデニムってかわいいな、あんなふうに赤を着てみたいなあ。とまぶしかった。もうずいぶん前の遠い記憶なのだけど。

色は記憶になって残る——。

思い出す時、水彩絵の具の一滴みたいに、にじんで胸に広がる。自分がそうだから、きっと相手もそうに違いないと思っていて、だから誰かと会う時、「なに着よう」よりも「何色を着ようかなあ」とよく考える。服を選ぶ時の色の優先順位は高め。

明るい色にしようか、落ち着いた色にしようか、爽やかな色がいいかな、などと色から決める。たとえば、はじめての人に会う時は、色の印象が強すぎないように、白を着たく

なる。

そして、雨の日だったら、気分が明るくなる色をどこかに。すこし疲れている時には、ふわっとあったかい色、体調がいまひとつな時には、元気な色を選ぶ。

白は大好きな色で、夏よりも冬に着たくなる。ぶあつい黒タイツに、まっ白いコットンのギャザーパンツや、スカート。ネイビーに合わせると、きりっとした白、シルバーグレイに合わせると、優しい白。どちらも、空気が透き通る冬の景色に似て、きれい。

白は夏だと光の色のイメージだけれど、冬だと雪。

今日は空色な気分、とか、急に、森みたいなグリーンが着たい、とか、モノトーンにしよう、など、理屈はわからないけどいろいろあって、ただ、その日の気持ちにしっくりくる色をどこかに身につけたくて、自分にたずねながら服を選ぶ。着てみたら、「うーん、なんか違う」とひとり嘆いて、どこにも出かけないのに、わざわざ着替えたりして。たまに、家の中でたったひとり、そんなあほみたいなこともしている。

そういえば、年を重ねて好きになったのは、ピンク色。

ある時、気持ちが沈んでいて、気分を変えたい、と、鮮やかなピンクのギャザーパンツを買ってしまった。派手すぎる？　と思ったけれど、着ると気持ちが、ふわっとはなやいだ。ピンクって、素敵な色だったんだ。と、あらためて見直したりして。

数年前、シルバーヘアのおばあさんがキュッと結んだおだんごヘアにオペラピンクのワンピースを着ている写真を見つけて、わあ！　白髪にピンク、かっこいい。と見入った。それは、ダニエラ・グレジスというデザイナーの服で、ピンクに赤の組み合わせにも、はっとした。ピンクに合わせる色といえば、ベーシックな色、白やグレイやカーキと思っていたけれど——ピンクに、赤やオレンジ、そこに濃いブルーを羽織ったりしていて、まるで東欧の絵本みたい。ピンクと赤って、びっくりな組み合わせかと思ったら、同系色だから合う。そういえば、絵を描く時はよく使う色合わせ。服だと派手すぎると思い込んでいたなあ。

さっそく手持ちの服で、ダニエラ風の色合わせをして遊んでみた。

赤いセーターにピンクのパンツスカートを合わせてみたら、あ。グラデーションでかわいい。上下が繋がってワンピースみたい。えー、新鮮ではないですか。それにしても、めっちゃ派手で笑ってしまう。自分がびっくりしているのが楽しい。白いブラウスをはさんでオレンジのマフラー、なんていうのも、思うよりかろやかで、発見。

家の中で派手な服を着るのって、好き。思いつきで合わせて楽しんだら、元気になってきて、心の中に新しいピンクの風が吹いた。

昔からピンク自身は、ただピンクという色なだけなのに、甘すぎるとか、子どもっぽいとか、わたしに勝手な先入観があったのかな。知らなかった世界。

空色が似合う人は、こころの中に自分の好きな空色があり、レモン色が似合う人には、レモン色のイメージが、赤が似合う人には、着こなしたい赤のイメージが——着る時に、それぞれのこころに広がっている気がする。

色のイメージは、映し鏡のように、その人の心とリンクしているから——もしかして、わたしの視界が広がったってことなのかもしれない。

ままならない日々を乗り越えていく大人に、色は、羽根のような軽さをくれる。

悲しい気分の時にこそ、色の力を借りて。

はですぎて、
うれしい。

あした、なに着ようかな

眠れない夜は、明日着る服のことを考える。

――なに着ようかな。

そして、ふとんのなかで枕元の白いノートに、服の絵を描いてみる。

どこか特別な場所に出かけるわけでもないふだん着の、いつもの服の組み合わせや、今気に入っている色の組み合わせ。あれとこれをこういうふうに合わせたら素敵かも。旅行に行く時、こんな帽子、かぶってみたいな。来週、友だちに会うときは、あのワンピースを着よう。など、夢を見るように、つらつらと描いていると、いつも眠くなってくる。

着るものは、ただただ日々の楽しみで、答えの出ないむずかしい悩みとか心配事とぜんぜん関係がない。自分ひとりで決めていい自由の中にあって、ただ、いつでも楽しい。

実際に着なくても、絵に描くだけでも、気持ちがはなやいで楽しくなってくる。

寝返りを打ちながら、小さな空想が広がっていくと、いつのまにか、気がかりなことがかき消えて、どこかに蒸発していく。そして、だんだん、眠く眠くなるのだ。

——あした、なに着ようかな。

あしたを抱いて、眠るような気持ち。現実から、少し気持ちが浮かんで、広がって、ゆらゆらとゆれながら、空想が眠り薬のように、夢の入り口に連れて行ってくれる。

地球の裏側では、どんな服を着ている人がいるんだろう。

生きている世界によって、美しさも変わる。もしも地球上に自分ひとりしか生きていなかったら、服を着る楽しみはあったかなあ。世の中に、こんなにも、いろんな服を着ている人がいるのは、ひとりずつの喜びが、みんな違うから。いつでも、その人がうれしいもの、かわいいものが、その人のこころを守ってくれる。

わたしは、好きな服を着ている日、とてもうれしい。

「あした、なに着ようかな」は、「あした、いい日でありますように」という祈りのようで。

「気持ちよく過ごせるように」と、希望を抱いているようで。

平和なことばだと思う。

毎日は、同じことを繰り返しているようだけれど、息をするように変化していく。

生きることと手をつないで、その日のためだけに、好きに、うれしく。

——あした、なに着ようかな。

あとがき

服のおしゃべりは楽しい。話すのも聞くのも大好きです。

服はいちにち、いちにち。

着ることは、わたしが生きているあいだじゅう続いていく。

自分のことは知っているようで、ちっともわからない。

生きていると、わたしの知らないわたしに出会い続けて、好きな服も変わっていく。

ふだんの食事を、さっともりつけるように、いつもの服を、さっと着る幸せ。

特別な料理を、あれこれ考えるように、よそいきの服を——花束みたいに着る幸せ。

そんな日常を行ったり来たり、くりかえしながら、毎日は服と一緒に続いていく。

服は、日々の中で一番大切なものではないかもしれないけれど、かけがえのない喜びのひとつです。わたしにとっては、モードやトレンドというより、日常のおたのしみ。そんなわたしが〈服の話なんて書いていいんだろうか〉と思ったりもしましたが、自分がおしゃれかどうかはさておき、世界から、この魔法のようなたのしみがなくなったら、とてもさびしい。暮らしの中で、それかわいいね、とか、似合うねえとか、気に入ってるの、とか、誰とでも気楽に、気ままに話したいのです。

こどもの時のわたしが、特別に服が好きだったとか、おしゃれに興味があったとかいうことはなくて、どちらかというと、田んぼの中でしゃがんで道草したり、絵を描いたり、友だちとふざけたりすることの方に忙しかった。だけど、その傍にいつも、〈服を着る〉ささやかな楽しみがあり、うれしい、かわいい、と、毎日に色をつけてくれる〈服の喜び〉があって、今もそれが続いているのです。

なんでもない日々の服が、失敗した服が、うれしい服が、疲れてしまった時の服が、母に作ってもらった服が、みんな、その時の自分の気持ちと、つながっている。

こどもの頃からの服の記憶を綴りながら——ああ、やっぱり。服の半分は、心が着ているんだなあ。(いや、半分以上かも)と、あらためて思ったのでした。

そして、本を書きながら気がついたのは——

服のはなしは、いとおしいもんだなあ。ということ。

きっと、どんなひとにも、そのひとしか知らない服のものがたりがあって、この本が、誰かとそんなおしゃべりをするきっかけになったら、うれしい。

ひととき、自分のいとしい服の記憶を、重ねて読んでもらえたら幸せです。

あしたが、いい日でありますように。

おーなり由子

１９６５年大阪生まれ。絵本作家、漫画家。やわらかな絵と文によるエッセイや、子どもの歌の作詞も手がける。おもな著書に『きれいな色とことば』『ラブレター』『３６５日のスプーン』（以上大和書房）、『ひらがな暦』（新潮社）、『ことばのかたち』『幸福な質問』（以上講談社）、『あかちゃんがわらうから』（ブロンズ新社）、『ワニのガルド』（偕成社）、『だんだんおかあさんになっていく』（ＰＨＰ研究所）などがある。

いとしい服（ふく）

ようふくとわたしのはなし

2024年12月15日　第1刷発行

著者　おーなり由子（ゆうこ）
発行者　佐藤靖
発行所　大和（だいわ）書房
東京都文京区関口1-33-4
電話　03-3203-4511
装幀　秦好史郎
校正　横坂裕子
編集　小宮久美子（大和書房）
印刷　歩プロセス
製本　ナショナル製本

ISBN 978-4-479-67126-8
乱丁・落丁本はお取り替えします。
https://www.daiwashobo.co.jp

初出
「おまじないスカート」

『暮しの手帖』第5世紀 9号「随筆」、

「タータンチェックたち」

『暮しの手帖』第5世紀 14号「すてきなあなたに」、

「なにが、どうっちゅうことない」

『国語教育相談室』２０１５年 光村図書に
掲載されたものにそれぞれ加筆、修正。